KB188585

전 원 에 세 이

손!

고정국 지음

전 원 에 세 이

손!

고정국 지음

국학자료원

책머리에

자연 가까이 살다 보면, 동물이건 식물이건 생물이건 무생물이건 이 땅에 뿌리박고 있는 모든 것들이 나라의 구성원이라는 것을 알 수 있습니다. 언젠가 글의 행간에 스며든 파리, 모기, 우럭, 들꽃 등과 말 같지 않은 소리로 대화를 나눈 적이 있습니다. 대부분 10년 전에 썼던 미물들과 나눴던 '말 같지 않은 이야기'들이라, 아직 이 글의 유통기한이 남아있는지 모르겠습니다. 그래서 더 늦기전에, 하마터면 이승의 끈을 놓아버릴 뻔했던 그 '손'으로 끄적였던 이야기들을 이곳에 모았습니다.

그리운 마놀린!
넘어서는 안 될 선일수록 범하고픈 것이 인간의 속성인지라, 적어도 글 속에서만큼은 원론적 울타리에서 탈출해보려는 게 한결같은 제 '글버릇'입니다, 날마다 갇히고 날마다 탈옥하는 죄수처럼. 그래서 오늘은 풍랑주의보 내려진 다도해 한 민박집에 다시 갇히고 말았습니다.

"내가 기필코 너의 모서리를 깎으리라, 내가 기필코 너의 모서리를 깎으리라!" "크르렁 크르렁" 풍랑주의보가 내려진 섬 자락의 여진餘震처럼 으르렁거리는 바다의 속울음 소리에 도저히 잠을 이룰 수가 없습니다. 그러나 밤새 나를 다그치던 바다도 내일 아침이면 베개 한쪽을 끌어당기며 스르르 내 곁에 와 잠이 들겠지요. 그때 살금살금 썰물 진 바닷가로 내려가 깎일 대로 깎인 바윗돌의 땀 젖은 이마를 한참동안 쓰다듬고 와야겠습니다, 지문 다 지워져 버린 이 손바닥으로.

2016년 4월 21일 소안도 바닷가 민박집에서
고 정 국

목 차

제3부 │ 곡괭이는 무른 땅을 찍지 않는다

제4부 ▎ 붙여넣기

제1부 파리와의 외출

서울 수선화

비행기 시간이 아직 많이 남아있다. 봄볕 좋은 농업기술원 주차장에 차를 세우고 가방을 챙겼다. 태극기와 제주도기旗 그리고 지덕노체 4—H 깃발이 느긋하게 펄럭이고, 이들 깃발 사이로 눈 덮인 한라산봉우리가 성큼 다가와 정오의 봄 햇살에 그 위용을 뽐내고 있다.

이 얼마 만에 맛보는 봄볕의 감미로움이냐. 잔디밭에 엉덩이를 깔고 한참동안 봄 정취에 부드러운 애무를 만끽하고 있다. 그런데 어디선가

"아저씨, 남대문 열려있네요, 바지 주머니에 돈도 보이고……,"

본능적으로 나의 두 손은 바짓가랑이 쪽으로 빠르게 내려갔고, 누가 본 사람이 없나 두리번거리면서 비적비적 앉은 자세로 바지 지퍼를 올렸다. 그리고 오른쪽 바지 주머니에 절반 가까이 삐져나온 천 원짜리 지폐 몇 장도 지갑 속에 넣었다.

나이 들면서 이처럼 매사에 칠칠거리는 경우가 잦아진다. 그런데 잠깐, 아까 그 목소리의 주인은 누구? 아무리 살펴도 공휴일 관공서 마당엔 사람의 그림자가 없다.

"정말 날씨 좋지요?" 아까 방금 그 소리, 남자도 여자도 아닌 머리 위에서도 발아래서도 아닌 동서남북 상하좌우 그 어느 쪽도 아닌 데서 들려오는 소리! 내가 뭐에 홀린 것이 분명했다.

"또 어딜 가세요? 아저씨 나에요 나!"

"엥, 누구?"

"바로 옆에 있잖아요. 저 수선화 말이에요!"

"아ー, 수선화!" 농업기술원 정원에 저들 대열에서 이탈해 나와 혼자 피어있는 수선화가 시선을 아래로 한 채 말을 걸어오는 것이 아닌가.

어디서 많이 본 듯한, 그러나 서로 반기지도 않고 무관심하지도 않은 사이, 싸구려 옷을 입고 있어도 세련돼 보이는, 직업이 무엇이고 소속이 어딘지 모르는, 무심코 지나치는 것 같으면서도 서로에게 힐끗 눈길을 주는, 그래서 언젠가는 꼭 통성명을 하고 싶어지는 사람처럼 여태 수선화는 그런 이미지로 내게 남아있었던 것이다.

그렇지만 저 수선화가 집에서 가꿔지는 꽃인지 야생화인지도 여태 나는 그걸 모른다. 인가 가까이에서도 보이고 바닷가에서도 보이고 길가나 들녘에서나 한겨울 추위도 아랑곳없이 마른

전원에세이 손!

풀 위에 진초록 잎을 헤치며 삶은 계란 노른자위를 꾸역꾸역 쏟아내는 저 다년생 풀꽃! 집에서 기르는 화초치고는 너무 외로운 것 같고, 야생하는 꽃 치고는 그 품위가 범상치 않다. 그렇다고 내가 먼저 녀석에게 손을 내밀 수는 없잖은가?

"아저씨가 먼저 손 내밀면 어디가 덧나우?" 녀석은 평소 자기에 대한 나의 속마음을 꿰뚫고 있었는지 오늘은 제가 먼저 접근해온다.

"아저씨, 아저씨는 꽃에 대해 백 편도 넘게 작품을 쓰면서도 어째서 이 수선화에 대한 작품은 한 편도 없는 거지요?, 그렇게 사람 아니 꽃차별 해도 되는 건가요? 언젠가 만나기만 하면 꼭 한번 따져볼 참이었거든요." 역시 부드러운 것 같으면서도 그 어떤 저의마저 느끼게 하는 반듯반듯한 서울식 표준어발음이다.

"차별이라니, 그대가 사람 앞에서 항상 혼자 잘난 척 했잖은가? 쉽게 건드렸다간 본전도 못 찾을 것 같고 해서 그저 만만한 들꽃들을 상대로 끄적여왔던 거지"

"아저씨 잠깐, 그렇다면 식당주인은 함부로 만져도 되고 신문사 여기자의 거기는 함부로 만졌다간 난리난다는 그 논리와도 같은 뜻입니까?" 자기가 마치 신문사 정치부 기자나 된 것처럼 여기에서까지 콧대를 세우려는 눈치다.

"너무 비약하는 거 아냐? 그건 그렇고 며칠 전 발생한 국회의

원 성추행사건을 꽃들도 알고 있단 말인가?"

"우리도 분명 이 땅에 뿌리를 내려 살고 있는 국가의 한 구성원인데 왜 그걸 모르겠어요!"

평소 자존심 강하고 말수가 적다는 수선화도 사람들에 대한 불만은 있었다. 사람들은 저들만 대한민국의 국적과 시민권이 있는 것으로 착각하고 있다는 점, 더구나 자기들 야생화도 이 땅에 살고 있는 만큼 국가구성원의 분명한 의무와 권리가 있다고들 했다. 거기에다 "지난 2002년 월드컵 당시 한국과 스페인이 4강 진출을 놓고 피 터지게 싸우고 있을 때 이 땅의 꽃들은 물론, 온갖 미물들까지 땅에 엎딘 채 입술이 바짝바짝 마르도록 대한민국 승리를 기원했다는 것을 아저씨가 기록해뒀지 않느냐"며 과거 내 필력筆歷까지 들추고 나온다.

나는 수선화에게 그 성별을 물었다. 그러자 수선화는 내가 꽃을 소재로 쓴 작품들의 가장 큰 약점이 「엉겅퀴」나 「붓꽃」이라는 작품을 제외하고는 모든 꽃을 여성의 대명사로 사용하고 있다는 것이라 했다. 그리고는

"1천만 관객을 돌파했다는 영화 <왕의 남자> 이준기가 남자가요 여잔가요? 아저씬 그리스신화에 나오는 나르시스라는 청년도 모르는 무식쟁이는 아니잖소. 에코 여신이 사랑할 만큼 멋쟁이 청년, 그때 수면에 비친 나의 모습에 내가 반하고는 여태 자아

도취에서 벗어날 수 없는 수선화가 이처럼 슬픈 사연의 외톨이 남자라는 걸 지금 몰라서 묻는 겁니까?"

수선화는 어느새 감정이 격해있었으며 대답 역시 길고 장황했다. 그뿐만이 아니었다. 성차별, 성매매, 성추행, 성폭행, 성고문, 성상납에 이르기까지 대부분 '성'자에 축을 두고 있는 뉴스거리까지 들먹이면서 요즘 시대적 사회전반을 가차 없이 나무란다.

꽃 앞에 무슨 앙갚음이라도 당하듯 나는 그 따발총 같은 말 펀치를 흠씬 두들겨 맞고 한참동안 멍해져 있었다.

"아저씨, 비행기 시간 늦겠네요, 공판장 취재를 가신다면서요?" 제 할 말 다했는지 수선화가 정색을 한다. 우리는 악수도 하지 않고 헤어졌다.

서울 가락동 어느 모텔의 새벽 두 시, 공판장 취재를 위해 카메라를 챙기고 있는데 왠지 한 구석이 허전하다. "아차" 그때서야 수선화의 사진을 찍으려 카메라와 함께 꺼냈던 플래시를 그곳에 그냥 두고 왔다는 걸 알았다.

"어쩐담? 나는 별 수 없이 010-수선수선-0886 핸드폰 번호를 눌렀다. 그러자 곧바로 "이 번호는 없는 번호이오니 다시 확인하시고……" 모텔 방 액자 속의 서울 수선화 한 포기가 나의 모습을 물끄러미 바라보고 있었다.

(2005. 3)

오백 원짜리 오징어

1

글줄이 막힐 때마다 습관처럼 텃밭에 쪼그리고 앉아 잡초들에게 말을 건다. 제철일 때는 온갖 잡것들이 몰려나와 북 치고 장구 치고 난리를 피지만, 겨울 들어서는 별꽃과 광대나물 두 종류만 썰렁해진 텃밭을 지킨다. 거기에다 광대나물은 지난 폭설 때 거의 파김치가 된 상태이고 보면 별꽃 혼자 초롱초롱 살아 사람에게 눈길을 준다.

누가 뭐래도 별꽃의 매력이라면 새하얀 치아에 있다. 혹시 저들 나라에선 고기와 커피와 담배를 금하고 있는 것일까, 어느 녀석 하나 누런 치아가 없다. 그렇고 보면 자신이 가장 예쁜 쪽이나 매력적인 면이 카메라에 찍히기를 바라는 것은 꽃이나 사람이나 매한가지인 것 같다. 수년 전 어느 장수촌을 취재하던 중 골절상을 입어 몸도 가누지 못하시던 당시 103살 연세의 할머니도 카메라 앞에서만큼은 스스로 머리를 쓸어 올리는 것을 보았지 않는가. 그래서 녀석들도 내가 나타나기만 하면 혹시 카메라에 찍히기나 할 것처럼 "이ー"하고 그 예쁜 치아를 애써 다 드러낸다.

"아자시, 아까 방금 오징어 구워먹고 나왔지요?"

"어쭈, 니들이 그걸 어찌 알어?" 그러잖아도 오징어 다리 두 개를 물고 한참 질겅거렸더니 턱이 아직 얼얼해 있는 상태다.

"척하면 삼척이지요, 우리가 아자시랑 한 울타리에 산 것이 어디 하루이틀이유? 아자씨 눈빛만 봐도 무얼 훔쳐 먹었는지 아니면 여기저기 사람들 비위맞추느라 딴소리 하고 돌아다니는 거 우리가 모를 줄 아슈?"

"아니 훔쳐 먹다니, 이번 설 때 어느 미인 독자가 택배로 보내준 특품 강원도오징어를 구워 먹은 것뿐인데 그걸 훔쳐 먹었다니!!!"

"아자시, 화내지 말아요. 혼자 먹은 거나 훔쳐 먹은 거나 별꽃 세상에선 똑 같은 죄로 취급해서 그래요."

그렇다면 녀석들은 내가 어제 문학 스터디에서 두 시간 분량 나불거렸던 내용 중 90퍼센트가 뻥튀기라는 사실을 알고 있단 말인가. 생각이 여기까지 미치고 있을 때,

"아자시가 작품 쓴답시고 컴퓨터 앞에 앉아선 '아ー씨발, 아ー씨발!'을 연발하며 밤새도록 인터넷 고스톱에 빠져버린다는 것

은 이미 세상이 다 아는 사실이잖아요."

"으-음" 저들과 입씨름에서 내가 이미 꼬리 내리고 있다는 사실을 알아차린 별꽃들은 요 때다 싶어 요즘 나의 비리나 치부를 낱낱이 들춰대고 있었다. 고성능 무인카메라와 도청장치가 구석구석에 쫙 깔려있는 판국에 굳이 아니라고 변명하고 싶지도 않았다. 내가 변명할수록 이보다 더한 사실들이 하나하나 세상에 까발려질 것이고, 저들이 바로 그 점을 노리고 있다는 것쯤은 나도 알기 때문이다.

"그렇다면 니들, 요즘 시끌벅적해 있는 황 모 박사 건에 대해서도 그 진실을 알고 있냐?"

"아-, 그 속눈썹이 긴 미남 박사의 줄기세퐁가 배아세퐁가 하는 그거요?, 그 정도야 알다마다요. 알아도 모른 척 하는 거지요. 우리 입이 뻥끗했다간 여러 고을이 시끄러울 거고……. 대화가 이쯤에 이르자 맑았던 하늘에 커다란 구름덩이가 몰려온다. 그래서 이야기는 다시 오징어 쪽으로 돌아왔다.

"얼마짜리 오징어였지요?" 가자미 눈깔을 한 녀석이 내가 구워먹은 오징어 가격을 묻는다. 갈수록 이들 별꽃의 위세에 밀려 나는 "천 원짜리는 될 만한 크기였다"고 얼버무리면서, 요즘은 연탄불이 아니라 가스레인지에서 굽는다고 말했다. 그러자 또 한 녀석이 넌지시 사람을 올려다보며

"아자시, 천 원짜리 오징어를 불 위에 얹혔을 때 어떤 모양을

하던가요?"

　나는 어느새 청문회석상에 불려 나온 꿀 먹은 정치인처럼 별꽃들의 노리개가 돼 있었다.

2

　천 원짜리 오징어는 불 위에 놓자마자, "빠지지지직" 소리를 내면서 머리와 다리 그리고 몸통을 한꺼번에 비비 트는데, 그 동작이 작은 만큼 전체 오그라드는 시간이 짧다. 그러나 3천 원짜리 오징어를 불 위에 올려놓았을 때는 짧은 다리 긴 다리 순으로 느긋하게 오그라들면서 머리에서 몸통으로 전달되는 파장이 느리고 길다. 그래서 두 쪽 다 오징어를 굽고 나면 짧은 다리부분은 까맣게 타버리고 만다. 이처럼 일정한 질량의 아픔을 두고 그에 대처하는 형태는 사람에 따라 다르다는 것을 연탄불 오징어가 말해주고 있었다.

　연탄불 위에 얹혀놓은 오징어의 모습처럼 천 원짜리는 천 원짜리답게, 이천 원짜리는 이천 원짜리답게 그 특유의 눈과 입 그리고 팔과 다리를 비틀던 만년 코미디언 백남봉 선생, 그토록 노련한 연기로 TV 앞에 앉은 사람까지 눈물 핑 돌게 만들었던……, 아주 오래전 이야기인데도 오징어를 구울 때면 경기환자의 발작 중세처럼 몸을 비틀던 그때 백남봉 선생 모습을 떠올려지곤 한다.

"아자시가 오징어라면 천 원짜리예요 3천 원짜리예요, 아니면 오백 원짜리예요?"

녀석들의 질문은 집요하면서도 아주 얄미운 데가 있다. 왜 하필 2천 원도 4천 원도 아닌 '오백 원'을 들추면서 사람의 자존심을 긁어내리는 것일까. 요즘 딴 데 신경 쓰느라 이들 텃밭 식구들에게 관심을 보이지 않아서일까. 아니면 그 폭설 속에서도 살아남아야 했던 겨울 잡초들의 또 다른 뜻을 헤아리지 못했기 때문일까.

이번 폭설 때도 별꽃이나 광대나물이 있는 초록빛 주변에는 눈이 빨리 녹았다. 겨울 보리밭이 그렇고 양배추나 브로콜리가 심어진 밭에는 항상 눈이 빨리 녹는다는 사실을 뒤늦게야 알게 된 것이다. 그렇다면 겨울 식물의 엽록소에는 분명히 추위를 견딜만한 에너지원이 숨겨져 있단 말인가. 하긴 눈밭 복수초에도 섭씨 40도의 온도를 뿜어 눈을 녹인 다음 제 꽃송이를 피워 올린다는 이야기를 주워들은 바가 있다. 어쨌거나 시대가 어렵고 추워질수록 서로 스크럼을 짜고 열을 발산하는 겨울 잡초들은 저들 스스로 몇 키 높이의 눈을 다 녹인다.

"왓샤 왓샤!!, 왓샤 와샤!! 왓샤 왓샤 왓샤 왓샤!!" <전원에세이>글감도 제대로 찾지 못하고 막 일어서려는데 등 뒤에서 스크럼을 짠 별꽃들의 초록빛 함성이 사람을 놀라게 한다.

"쟤들은 왜 또 저래?" 라고 내가 묻자

"이번 주말에 입춘한파가 몰아친다는 기상예보를 듣고 저래요. 저렇게 저들끼리 힘을 모으고 추위를 버티려는 별꽃들이 부러워죽겠어요." 지난 폭설 때 허리뼈가 부러져 흐느적거리던 광대나물이 양짓녘에 누운 채 코맹맹이소리로 말을 걸어온다.

"제 동료들은 이번 폭설로 절반 이상이 죽었어요. 근데 참, 깜박할 뻔 했네요. 우리 아빠광대가 숨을 거두시면서 『농업사랑』 올 1월호에 저희 광대나물에 대해 너무너무 잘 써준 김영숙 시인께 꼭 고맙다는 인사를 여쭈래요" 나는 풀꽃 이야기 필자가 '영화 榮' 김영숙이 아닌 '곧을 貞' 김정숙이라 말하고 그 광대나물 사진은 내가 찍은 것이라고 자랑할까 하다가 그만두었다. 그리고 이번 달 <전원에세이>는 펑크를 낼까보다 하고 혼자 중얼거리는데,

"아자시, 오늘 텃밭에서 있었던 얘기를 고스란히 옮겨 쓰면 되잖아요."

"그랬다간 독자들이 글 너무 가볍게 쓴다고 나무라지 않을까?"

"괜찮을 걸요, 다만 제목을 「오백 원짜리 오징어」라 붙여보세요!"

"으-음" 이토록 초죽음 상태에다 우매한 것 같은 광대나물도

'아저씨'보다 격이 한 단계 아래라는 '아자시'란 호칭을 고집하며 거기에다 나란 존재는 오백 원 이상은 결코 될 수 없다는 겁을 끝내 강조하고 있잖은가.

이런 제초제 맞아 죽을 노옴!! 그래도 태연한 척, 나는 "고맙다, 고맙다"를 반복하면서 풀어진 녀석의 머리를 쓰다듬어주고는 허둥지둥 방으로 돌아왔다.

파리와의 외출

1

가축분뇨 냄새가 끊이지 않는 우리 마을에는 갈봄 여름 없이 파리가 많다. 그중 유별난 파리 한 마리가 우리 집에 살고 있다. 내가 밤늦게 원고작업을 할 때면 책상머리에 꼼짝 않고 앉았다가 불을 끄고 침대에 눕고 나서야 녀석도 머리맡에서 같이 잔다.

대체로 나는 늦잠 자는 편이었다. 그런데 이 파리가 출현하면서부터 그 달콤한 늦잠 맛을 즐길 수 없다. 창문이 희미하게 밝아오면 녀석은 벌써 내 얼굴 전체를 핥기 시작한다. 제아무리 늦잠꾸러기라 해도 파리의 이토록 진한 애무 앞엔 당해낼 도리가 없다. 결국 파리보다 먼저 일어나는 수밖에 없었다. 새벽기상이 몸에 베이기 시작한 것도 바로 이 파리가 출현하면서부터다.

마을을 벗어나 서부 산업도로에 접어들자 녀석은 좋아서 까불기 시작한다. 이번 동행이 갑작스런 녀석의 생떼로 이뤄진 것이기 때문이다. 나도 시속 팔십 킬로 구간에서 1백 킬로를 밟았다. 그리고 한참을 달렸다. 그 까불던 파리 녀석도 과속이 불안했던지,

"아저씨, 사회지도층인사가 이처럼 과속해도 되는 거요?" 한다.

"뭐 사회지도층인사? 너 어디서 그딴 말은 배워서 내 앞에서 문자냐?"

"요전 날 친구 분과 통화하면서 '사회지도층인사가 어떻게 음주운전을 하냐고 농담 했잖수!"

"뭣이?, 너 혹시 모 기관에서 보낸 도청용 로봇파리 아냐?" 그러자 파리는 배꼽 잡고 웃으면서, "아저씨 같은 무식한 농사꾼한테 뭘 빨아먹을 게 있다고 도청을 다 하겠냐"는 거다. 뭐라, 무식한 농사꾼? 무슨 의도일까, 내 자존심까지 긁으려든다.

"아저씨, 요즘 양희은 창법을 연습하던데, 혹시 파리에 대한 노래 한 곡 불러줄 수 없겠수?" 녀석이 벌서 나에 대해 별것까지 다 체크하고 있구나 생각하면서도 나는 양희은의 노래 대신 흘러간 뽕짝 <내가 울던 파리>를 뽑았다.

"쿵작짝 쿵작짝" 노래에 흥이 겨워 차 속을 정신없이 날아다니는 파리⋯⋯. 경마공원 언덕을 막 지나 내리막길에 들어서자 나의 94년형 콩코드도 신이 났는지 120킬로의 속도를 낸다. 나와 파리와 고물 콩코드는 이처럼 척척 박자가 맞았다. 그리고 과속

단속 카메라가 있는 지점에서 잠시 노래를 멈추고 가볍게 브레이크를 밟았다. 차는 정확하게 89킬로의 속도로 카메라 밑을 통과했다.

그런데 그 까불던 파리녀석이 보이지 않는다. 공기소용돌이를 이기지 못해 밖으로 빨려나간 모양이다. 나는 파리가 떨어져나간 애석함보다 내 노래를 들어줄 대상이 사라졌다는 게 더 섭섭했다. 한편 이제는 녀석이 없으니 늦잠도 잘 수 있고 맛있는 거혼자 먹게 돼서 좋겠다며 내심 고소하기까지 했다.

2

외출에서 돌아와 넥타이를 풀고 물 한 컵 마시고 책상 앞에 앉았다. 그런데, 맞은 편 정면에서 꼼짝 않고 나를 쏘아보는 그 무엇이 있었다. 파리였다. 경마공원 근처에서 차창 밖으로 떨어져나간 바로 그 녀석! "너 맞지? 바로 너지? 근데 용케도 살아 돌아왔구나."

"……"

파리가 차창 밖으로 떨어져나간 것이 나 때문이 아니라 바로 너 때문이었다고 침이 마르도록 이야기했다. 거기에다, "너를 잃고 내가 얼마나 슬퍼했는지 모른다."며 펑펑 거짓말을 쏟아냈다.

이 가엾은 '지도층인사'의 사설과 변명은 궁색하고 비굴했다.

파리는 오래도록 말없이 뒷다리를 들어 한쪽 날개를 자꾸만 쓸어내리고 있었다. 적어도 자기가 창밖으로 떨어져 나왔을 때 잠시 차를 세워서 둘러보는 시늉이라도 했어야 하지 않느냐고 따지려는 눈치 같다. 한참 열변을 토하고 있는데도 파리는 계속해서 뒷다리로 날개 쓸기만을 계속한다.

"야, 너 지금 내말 듣고 있냐?"

그래도 아무 반응이 없다. 입안이 씁쓸했다. 그리고 몇 초가 지났다.

"아저씨, 부탁이 있는데요…….." "글쎄 그 부탁이 뭐냔 말이여?" 나의 언성엔 어느새 짜증이 섞여 있었다.

"아저씨, 먼저 차에서 부르던 노래 계속해줄 수 없겠수?"

"뭐?, 야 너 지금 이 판국에 '최불암시리즈'하냐?"

"파리 세상에서 죽는 거야 다반사지라우, 근디 '파리'에 관한 노래 한번 들을 수 있다면야 이 파리, 죽어도 여한이 없어라우!" 어쭈, 요것 봐라 이번엔 전라도 말투?

"미안하지만 그건 너희들 '파리' 노래가 아니라 프랑스 '빠리' 의 노래야 임마"

"그래도 상관없응께 불러줘요. 제발, 제에발, 플리이즈, 오넹 아이!"

파리는 건망증이 심해서 지난 일에 연연하지 않을 것이라는

나의 예상은 완전히 빗나갔다. 결국,

"쿵작작 쿵작짝, 눈물의 추어어마안 남아 또오다시 울더-언 빠리-짜-안"

'빠리'를 '파리'로 발음하면서, "쿵작짝, 쿵작짝" 왈츠 박자를 중간 중간 끼워 넣으며 열심히 파리의 비위를 맞췄다. 내 노래를 들으며 눈물을 글썽이던 파리는 노래를 마치자 천천히 내 어깨에 날아와 앉는다.

"아저씨, 당신은 시인이 아니고 가수였구면……" 파리의 목소리에는 진실이 서려 있었다.

그때서야 나도 솔직하게 "인간사회에선 파리 목숨 정도는 목숨도 아니"라 했다. 그 말에 파리는 "그걸 내가 왜 모르겠수, 헌데 요즘 텔레비전을 보면 사람들 목숨도 파리 목숨이나 별 다른 점이 없는 거 같던데요?"라 한다. 그 말에 힘없이 나의 고개가 꺾인다.

파리는 차츰 힘겨운 목소리로 그간 있었던 일을 털어놓았다. 무엇보다도, 그 아득한 사선을 넘고 넘어 악착같이 집에까지 찾아온 이유가 오로지 <내가 울던 파리>노래를 끝까지 듣기 위함이었다는 말에 나는 경악했다.

공휴일 아침, 오랜만에 늦잠을 잤다. 그런데 늦잠 때면 반드시 내 콧등을 간질이던 파리가 오늘 아침에 보이지 않았다. 나는 어젯밤 늦게까지 쓰던 원고를 마무리하려고 컴퓨터 앞에 앉았다.

그리고 책상 메모지 위에 까맣게 죽어있는 파리 한 마리를 보았다. 허공에 대고 허우적거리던 다리가 이미 멈추었고, 날개 한 쪽이 찢겨져 있어서인지 하늘 향한 몸통이 왼쪽으로 약간 기울어져 있다. 실종 당시 받은 충격과 상처를 이겨내지 못한 모양이다.

죽어서야 찾아온 파리 목숨만 한 평화……, 그 슬픈 평화가 메모지 위에 가볍게 놓여져 있다. 나는 메모지를 들고 한참동안 파리의 시신을 바라보았다. 그리고 몸을 반쯤 돌려 "후—욱"하고 불었다. 쓰레기통 속에서 아득하게 파리 시체 떨어지는 소리가 들려왔다. 대한민국 광복 60주년을 맞는 아침의 일이었다.

(2005. 8)

우럭 시인

하루 한 번 바다를 보지 않으면 가슴이 말랐다. 그래서 시내 왔다가 작업실이 있는 금악리로 돌아갈 때는 거의 애월읍 해안도로를 거쳐야 했다.

해안도로가 끝나는 지점 애월항 입구에 해산물 가게가 있다. 여기에서 1주일 분 생선 반찬거리를 산다. 혼자 먹는 식사여서 가급적 조리가 간편한 어류를 고른다. 그 가게 아줌마는 내가 가게에 들르면 그 지역주민이 낚아왔다는 자잘한 우럭들을 손질해 준다. 우럭 두 마리가 한 끼 분량이라는 것을 알고는 두 마리씩 따로 비닐봉지에 포장해 주면서 한두 마리는 덤으로 얹혀주기도 한다.

며칠 후 텃밭에서 괭이질하다가 점심 때가 되어 냉동실의 우럭 두 마리를 꺼내고 프라이팬에 올려 놓았다. 그리고 식용유를 꺼내려고 막 등을 돌리려는데,

"아저씨, 잠깐만요!

돌아보니 아무도 없다. 헛소리를 들었나 싶어 싱크대 아래 쪽 서랍을 열기 위해 허리를 굽혔다.

"아저씨, 잠깐 내 말을 들어줄 수 없겠어요?"

프라이팬 쪽에서 들려오는 소리가 분명했다.

우럭이었다. 냉동된 상태에 있다가 아가미와 주둥이가 차츰 풀리면서 비로소 말을 하게 된 것이다. 눈빛이 저토록 간절한 것을 보면 이야기 내용이 자못 심각한 것임엔 틀림이 없다. 그래서 저들에게 할 이야기가 뭐냐고 물었다.

그중 몸집이 약간 큰 녀석이 자기네 형제를 도로 애월 앞바다에 풀어달라고 했다. 그곳에는 수많은 괭이갈매기나 가마우지, 왜가리 등이 있어서 너희들을 갖다 놓기가 바쁘게 저들의 먹이가 될 거라고 했다. 그러자 녀석은 다시, 그럼 기름에 튀기지 말고 그냥 밖에 던져주기라도 해 달라고 했다. 나는 또 이곳 금악리는 들고양이가 많은 지역이라 금방 고양이 밥이 되고 말 것이라고 했다. 그리고 너희들은 이미 죽어 있어서 어딜 가나 살아날 가능성이 없다고 했다.

그러자 녀석은

"그걸 내가 몰라서 묻습니까? 세상의 모든 살아있는 것들은 당연히 죽게 돼 있는 것이고, 죽으면 또 다른 형태로 재활용되는 것이어서, 기왕이면 저희들은 제 고향 가까운 곳에 가서 바다 속 그 무엇으로든 재활용되고 싶어서 그러는 것이지요."라고 했다.

‘재활용’이라는 말에 나의 생각이 주춤했다. 그래서 나는 죽으면 지옥이나 천당에 가는 것이 아니라 재활용되는 것이냐고 물었다. 그리고 40년 전 농업학교 시절, 당시 축산 선생님으로부터 들은 젖소 이야기가 떠오르는 것이었다. 젖소는 사람이 먹어서 99퍼센트 소화가 불가능한 풀을 뜯어먹고 99퍼센트 소화가 가능한 우유를 생산해낸다는 내용이었다.

그래서 나는 우럭에게 “인간세상에서 사람이 죽으면 착한 일 많이 한 사람은 죽어서 천당이나 극락에 가고, 나쁜 짓을 많이 한 사람은 지옥에 간다는 것이 거의 정론처럼 돼 있다.”고 말했다. 그러자 우럭은 약간 비웃음 섞인 어조로 “아직도 그런 허황된 논리가 인간사회에서 통하는 것을 보면 사람들은 생각보다 훨씬 어리석은 존재들이네요.”라고 말한다. 거기에다 “그런 바보스러운 말을 이 보잘것없는 미물들에게 전하는 당신이 스스로 부끄럽지도 않느냐.”는 핀잔까지 던지는 것이었다.

그 짧은 순간, 나도 한참 잔머리를 굴렸다. 그리고 저들에게 다가가 목소리를 약간 낮추고는 “그렇다면 너희들이 내 몸속에 들어와 시인의 피와 살과 뼈로 재활용되는 것이 어떻겠느냐?”고 물었다. 순간 옆에서 듣고 있던 동생 우럭이 대뜸 “뭐요? 방금 아저씨가 시인이라 그랬어요?” 그러자 나는 약간 으스대는 표정을 지으며, “야, 니들이 시인이 뭔 줄 알어?” 말이 끝나기가 무섭게, “아다마다요! 우리 살던 동네 그 모자반 숲이 우거진 곳에 시인

한 분이 늘 명상에 잠겨있는 것을 보았어요. 그래서 우리는 늘 그 근처에서는 지느러미를 내리고 조용조용히 지나곤 했지요." 라는 것이다. 내가 그분 성함을 아느냐고 묻자, "언제나 명상의 눈을 하고 혼자 선 채 조용히 세상을 바라보는 '해마海馬'가 바로 바다의 시인이라고 했다. 나는 눈을 껌뻑거리며 꾸역꾸역 내뱉는 동생 우럭의 이야기를 하나도 빠짐없이 들었다.

한참 후, 나는 차라리 이 녀석들을 애월 앞바다로 되돌아가 놔주기로 마음을 먹었다. 그런데 아가미를 맞대고 "소곤소곤, 소곤소곤" 무언가 한참을 저들끼리 주고받고 있었다. 그때 내가 다가가서 "암만해도 너희들은 애월 바닷가로 가서 놓아주는 것이 좋을 것 같다."라고 말하고는 도로 비닐봉지에 넣으려고 프라이팬을 막 기울이는 순간,

"아저씨, 아니 시인님! 저희 형제를 튀겨서 잡숴주십시오! 저희 형제는 기꺼이 시인님의 체내에 섭취되어 시인의 살과 뼈 그리고 눈과 귀로 재활용되기로 마음을 먹었습니다."

저들에게 그 말을 듣고 이번엔 내가 당황하고 말았다. 그래서,

"난 너희들이 생각하는 그런 진짜 시인이 아니고, 그냥 남들 앞에 꺼내 보일 간판이 없어서 시인 흉내를 내고 다니는 가짜, 삼류, 엉터리, 거기에다 이 막가는 세상을 향해 올바른 소리 한 번 지르지 못하는, 진짜 진짜 겁쟁이 시인"이라고 말했다. 그러자 형 우럭은 "그럼 차라리 잘 됐네요, 저희 형제가 시인님의 체내

에 들어가서 진짜 시인이 되려고 무던히 노력할 터이니 두고 보세요!"라고 말하는 어조에는 진실감이 서려 있었다.

식용유를 붓고 가스렌지에 불을 켜자, 우럭 형제는 행복한 듯 서로에게 지느러미를 펴며 가슴을 덮어주는 것이 아닌가. 프라이팬에서 한참동안 지글거리며 냄새를 피우더니, 우럭 형제는 어느새 노랗게 잘 익은 반찬이 되어 있었다. 우럭 두 마리의 큰 뼈만 남기고, 지느러미와 아가미, 눈깔과 머리뼈, 내장 등을 아주 조심스럽게 뜯고 핥고 빨고 씹었다.

그리고 두 달이 지났다. 텃밭 고추가 타는 듯 다투어 익고, 금악리 꿩들은 돌담 낮은 콩밭에서 울어댔다. 그리고 까치와 직박구리는 서로 무리를 지어 사흘이 멀다 하고 영토 다툼의 패싸움을 치르고 있었다.

가을 문턱에 막 넘어서는 어느 날 아침 침대에서 일어나 거울을 보니, 여태 생기지 않았던 나의 눈가에 쌍꺼풀이 나타나 있었고, 가만히 보니 눈 전체가 우럭 눈처럼 부리부리 변해 있음을 알았다. 그리고 그해 가을에서 겨울에서 이르는 사이에 <고추잠자리>, <붓꽃>, <금악오름 바람까마귀>, <적벽으로 향하던 길>, <백록을 기다리며> 등의 작품들을 썼다. 시집 원고를 묶고 중앙문예기금을 신청했더니, 거금 1,200만 원이 배정됐다. 그 중 <백록을 기다리며>는 이미 그해 하반기 우수작품으로 선정되어 나의 농협통장에 100만 원이 입금된 상태였다. 그뿐만이 아니었다. <백록을 기다리며>가 마침내 제18회 '이호우 시조문학상' 수상작에 선정됐다는 낭보가 전달돼 온 것이 아닌가.

경상북도 청도군이 마련한 그 수상식장 수상소감에서 나는 그 <우럭 형제>이야기를 했다. 그 식장에 참석했던 수백 명의 사람들은 그것이 비록 '구라'인 줄 알면서도 모두가 하얀 이를 드러내며 크게 웃었다. 그리고 아주 오래도록 박수를 보내주는 것이 아닌가. 나는 그 박수의 절반을 우럭 형제에게 보내야 한다고 마음속으로 다짐 또 다짐했다. 2년이 지난 지금도 가끔 나는 제주 해역의 푸른 수초 사이를 유영하는 그 우럭 형제를 꿈에서 만나기도 한다.

(2006년)

바랭이

"바랭이여, 이번 달 전원에세이는 무엇을 쓸까?"

며칠 째 원고가 풀리지 않자 텃밭에 나가 잡초인 바랭이에게 물었다. 좀처럼 사람의 정면을 보려하지 않았던 바랭이 녀석이 갑자기,

"아저씨, 이 바랭이에 대해 한번 써준다고 어디가 덧나우?"

툭 한 마디 쏜다. 그도 그럴 것이, 풀꽃에 관한 작품이 어찌어찌 1백 편은 넘는데도 바랭이를 소재로 쓴 글이 한 편도 없으니, 나에게 삐져도 단단히 삐져 있는 모양이다(수선화도 그랬지만……).

제주에 감귤이 없던 시절, 밭농사는 여름철 바랭이와의 힘겨루기에서 판가름났다. 웬만해선 뽑히지 않으려는 그 질긴 근성에다, 몸통이 잘려도 중간 마디에서 뿌리를 내리며 성장해가는 생명력 앞에 농부들 손마디 마디에 쇠못이 박힌다.

그래서 민초라는 말을 들을 때마다 나는 잡초 중에서도 끈질기

기로 소문난 바랭이를 떠올린다. 빗물만 먹고서도 살 수 있어서 인지 저들은 좀처럼 사람에게 아부하지 않는다. 그 이유로 우리는 저들을 문밖으로 몰아내고는 잡초 또는 잡것들이라 불러왔다. 그렇다면 잡초와 민초와의 차이는 무엇일까? 흑염소처럼 검고 빼빼마른 우리 농민들, 그들에 대해서 현대사 여기저기를 뒤져보아도 잡초 이상의 대우를 받아본 경우를 좀처럼 찾을 수가 없다.

포드 전 미국 대통령은 임기가 끝날 무렵 해서 농사용 트랙터 한 대를 마련했다. 그 트랙터를 왜 구입했느냐는 기자의 질문에 "고향에 내려가서 농사를 지을 계획"이라고 대답했다. 그가 고향 가서 농사를 지었는지는 확실하지 않지만, 대통령 임기를 마치고 고향 가서 농사를 짓겠다는 그 정신적 크기가 당시 젊은 나를 감동시키기에 충분했다.

한편 대한민국 수도 서울에는 불로초가 들어 있는 보물단지라도 숨겨져 있는 것일까, 만승의 높은 자리에서 누릴 만큼 누렸던 역대 대통령 다섯 분이 꿈쩍 않고 눌러 있다.(2005년 기준) 또 무엇 한 자리 하려고 연로한 몸을 그 숨 막히는 도심지에 가둬두고 있는 것일까.

이유야 어쨌든, 그 중 어느 한 분이라도 하루빨리 고향에 내려가는 모습을 보고 싶다. 고향 가서 손수 게이트볼 연습 중인 노인회 선수들에게 자판기 커피를 뽑아 나르고, 밤이면 동네 청년들과 이마를 맞대고 농촌의 현실과 미래를 함께 고민하고, 텃밭에 무 배추를 가꿔 무의탁 노인들 집에 김치 담가 나르고……

상황이 이쯤 되면, 서울에서 웬만큼 성공한 사람들도 그를 따라 각기 고향으로 내려갈 것이다. 결국 그들이 농촌에 새로운 희망을 심는데 한 몫 단단히 할 것이며, 고향에서 생의 마지막을 아름답게 장식할 것이다. 한때 이승엽의 홈런 치는 모습을 비추면서 하일성 해설위원이 "균형, 균형"을 강조하던 국정홍보처의 TV 광고가 아니라도, 국토 균형발전을 위해 행정수도 이전 문제를 놓고 국회의원들이 피터지게 싸우지 않더라도 국토의 균형적 발전은 저절로 이루어질 것이다.

"돌격 앞으로!, 돌격 앞으로!" 뭔가 헛것을 봐도 단단히 본 것처럼, 사천팔백 만 우리 국민은 돈과 성공이라는 고지를 향해 사력을 다해 뛰고 있다. 그러나 지금 우리에게 필요한 것은 GNP 2만 달러가 아니라, 물질주의 창궐로 몰락해버린 정신주의 복원이며, 성공은 도시에서만 이루어진다는 착각을 버리게 하는 일이며, 우상처럼 섬기는 '성공'이라는 단어는 한낱 허상임을 상기시키는 일이다.

이와 같이 한 시대를 확실히 바꿔놓을 수 있는 길은 바로 전직 대통령들의 회복된 마음가짐에 있다. 하여, 그분 모두를 정중히 고향으로 모시자는 네티즌들의 목소리를 하나로 모을 때가 된 것 같다. 그분들을 서울에 둔 채 언제까지 '미운 늙은이' 취급만 하기보다는 오래오래 우리의 큰 어른으로 모시고 싶어하는 자존심 있는 국민이기에 하는 말이다.

바랭이가 한글을 터득하고 혹시라도 이 글을 읽는다면 "허엇 참, 이 순댕이 아저씨, 제발 그 꿈같은 소리 작작하슈, 낮잠 자던 풀노린재가 다 웃겠네요!" 할 거다.

귀 기울여주지 않으면 그 목청이 높아지고, 눈여겨 봐 주지 않으면 몸짓 또한 커진다. 얼마 전 총파업을 선언하고 트랙터로 모내기를 한 논에서 여린 벼포기를 갈아엎는 농민들을 보았다. 실질적이든 상징적이든 '농민 총파업'이라는 말이 세상 밖으로 나왔다는 것은 농촌도 이미 민초들 설자리가 아니라는 것을 뜻한다. 어째서 시대가 이토록 황폐해지고 말았을까?

장맛비 그친 텃밭에서 맨손으로 한참동안 풀을 뽑는다. "뽀드득 뽀드득, 뽀드득 뽀드득" 빗물에 불려진 화산회토 토양 속에서 풀들의 잔뿌리가 잘린다. 바랭이도 별 저항 없이 뽑혀 나온다. 오늘따라 풀 뽑히는 소리가 부드러우면서도 아프다. 그 소리를 나는 귀로 듣지 않고 가슴으로 듣고 있다. 그리고 "쉽게 뽑히는 것은 뿌리가 아니다."라는 어느 시인의 시 한 구절을 떠올리고 있다.

(2008. 5)

자벌레의 꿈

계절의 변화는 소리에서 감지된다. 엊그제까지 귀청 따갑게 울어대던 왕매미의 디젤엔진 소리가 어느새 "씁지요 쓰읍지ㅡ요"하고 말매미 소리로 이어진다.

"찌릿찌릿, 찌릿찌릿" 달빛에 감전되기나 한 것처럼 달밤에는 풀잎에서조차 귀뚜라미 소리가 난다.

가을이 있으면 달밤이 있고 달밤이 있으면 풀벌레 소리가 있다. 초가지붕의 호박, 들녘의 허수아비, 마당에 널린 고추, 주름진 농부의 미소 등 꼭 있을 만한 자리에 있을 만한 것들이 있고 때를 맞춰 들릴만한 소리들이 쏟아진다. 한국의 구월은 그래서 아름답다.

그러나 산천도 나이가 있고 농촌에도 나이가 있는 것인지, 왕년에는 '구월'이라는 어감만으로도 여유와 평화가 느껴지던 것이 요즘 '구월'이라는 말속에는 왠지 배고픔과 쓸쓸함이 베여있다.

눈치 빠른 젊은이들이 다 떠나버린 한국농촌은 우리 나이로 이미 칠순에 접어들었다. 굽힌 만큼 파먹고 사는 자벌레들처럼 우리농촌은 굽힌 만큼 파먹고 살던 자벌레 노인들만 지키고 있다.

한편 이 고령의 농촌에서 4천7백만 국민이 먹고도 남을만한 양식을 생산한다. 당장은 식량사정 때문에 걱정하는 사람이 없다. 되레 쌀이 남아돌고 과일이 남아돌고 우유까지 처치할 곳이 없어 쩔쩔맨다. 이 과잉의 시대에 자벌레는 굽힌 만큼 먹고살지만 농민들은 굽힌 만큼 손해를 본다.

번데기 상태로 땅 속에서 겨울을 나고 봄부터 나방이 된 자벌레 성충은 감귤 어린잎이나 유충幼蟲들이 먹을 만한 싹을 찾아다니며 알을 낳는다. 녀석은 알에서 성충에 이르기까지 여섯 차례에 걸쳐 변신을 하는가 하면 가해하는 식물의 상태에 따라 벌레의 몸 색깔도 변해간다. 특히 위장술이 뛰어나 초록잎을 먹을 때는 초록빛으로 있다가 때로는 삭정이 색으로 둔갑하면서 사람의 눈을 속인다. 그리고 인기척이 느껴지기라도 하면 녀석은 즉시 주둥이에서 거미줄 같은 것을 내뿜고는 타잔처럼 대롱대롱 매달려 죽은 시늉을 한다.

뭐니 뭐니 해도 자벌레의 주특기는 기는 모습에서 찾아볼 수 있다. 먼저 세 쌍의 앞다리에 잔뜩 힘을 주면서 하반신을 번쩍 들어 올리고 꽁무니 부분을 앞다리 부분에 바짝 갖다 댄다. 그러면

이 벌레의 몸은 오메가(Ω)형 지남철을 엎어놓은 것처럼 등이 최대한 굽혀진다. 이어서 꽁무니 집게에 힘을 잔뜩 주고 상반신을 치켜세운 다음 머리 부분을 앞으로 쭉 내민다. 이처럼 한 뼘 한 뼘씩 굽혔다 폈다 하며 몸을 전진시킨다. 굽힌 만큼 전진하고 굽힌 만큼의 너비를 갉아먹고 산다.

예로부터 주는 만큼 받는 것이 농사 불변의 진리라 했다. 그런데 북한에선 우리 농민들이 허리 휘도록 지은 쌀을 거저 달라고 손을 내민다. 얼마동안 여기저기서 식량 원조를 받아서 그런가, 그들도 어느새 공짜에 입맛을 들인 모양이다.

이야기가 엉뚱한 방향으로 이어지는 것 같다. 기왕지사 말이 나온 김에 참으로 말 같지 않은 말 좀 하고 넘어가자. 언젠가 북한의 쌀 재배 실태에 대한 자료를 본 일이 있는데 그 자료에 의하면 북한은 아무래도 쌀 재배에 적합한 환경이 아닌 것 같다.

우리는 이쯤에서 '우리농산물 절대과잉'과 '북한식량의 절대부족'이라는 이 불균형의 남북구도를 그 어떤 가능성의 암시로 받아들일 필요가 있다. 쌀이나 화학비료를 무작정 퍼주기만 하는 것보다 차라리 우리 농토의 5%정도를 그들에게 제공하면 어떨까. 거기에다 만 명이든 이만 명이든 북한 주민들이 와서 직접 농사짓게 하고, 머지않아 개통될 경의선 철도를 통해 저들이 지은 곡식을 저들 손으로 가져가게 하면 어떨까.

결국 한국농업을 한반농업으로 확대해석하고 북한의 식량문제를 우리 농민들이 함께 고민해야 하는 시점에 온 것 같다. 이것은 우리 농민의 생존과 북한 농민들의 생존에 관계된 문제인 만큼 농사교류는 그 어떤 교류에 우선돼야 할 것이다. 이처럼 농사를 통한 물적·인적교류가 몇 년간만 유지된다면 한반도 분위기는 몰라보게 달라질 것이고, 이 땅에서 천대받는 농민들이 어쩌면 통일대업에 가장 큰 역할을 했다는 명예와 자부심을 얻게 될 것이다. 참말로 잠꼬대 같은 이야기다.

아름답게 보려면 한 번만 봐야 하고, 제대로 보려면 두 번 세 번 고쳐봐야 한다는 게 우리 삶의 기초방법이 아니던가. 통일축전이라는 다분히 정치적이고 감상적인 분위기에서 몇몇 선발된 사람들끼리만 서로 어깨동무하고 "우리의 소원은 통일 꿈에도 소원은 통일"을 골백 번 TV에 비춘다 해서 그것이 통일에 실질적인 도움이 안 될 것이라는 나의 생각은 한결같다.

볕살이 눈치 슬슬 꼬리 내리는 비포장길 따라 누군가가 오고 있다. 복伏날을 무사히 넘긴 똥개들의 머리를 쓸며, 어느새 황록색 춘추복으로 갈아입은 구월이 비칠 걸음으로 오고 있다. 길섶 강아지풀이 까닭없이 고개를 끄덕이고 千京子 화풍畵風으로 눈화장을 한 구절초 송이 송이가 지나는 사람에게 말을 걸어온다.

글감을 찾아 감귤밭에 들어선 나에게, 나방 직전의 자벌레 한 마리가 눈높이의 나뭇잎을 자로 재면서 몸으로 말한다. "내 몸 좀 봐! 벌레든 사람이든 굽힌 만큼 파먹고 사는 거야. 내 몸놀림처럼 세상은 한 치도 공짜를 허락하지 않거든!" 암만해도 감귤원 병해충치고는 좀 건방진 녀석 같다.

(2002. 10)

개미

3센티는 됨직한 초록색 애벌레가 어쩌다가 땅바닥을 기고 있었다. 마침 주변에서 사냥감을 찾아 나섰던 개미 한 마리가 애벌레로 다가가서 킁킁 냄새를 맡는가 싶더니 아주 다부진 동작으로 그 꽁무니를 물고 늘어진다. 그러나 저 혼자로서는 도저히 감당할 수 없음을 알았는지 여기저기 흩어진 동료들을 불러 모으고 본격적으로 애벌레에게 공격을 가한다. 일단 개미의 집단공격을 예감한 애벌레는 죽을 힘을 다해 도망치기 시작한다. 그러나 일개미들이 어찌 이처럼 살이 통통 오른 최고의 먹잇감을 놓치랴! 다짜고짜로 애벌레의 머리부터 공격하는 녀석, 꽁무니를 문 여석, 등판을 물고 악착같이 늘어지는 녀석 등. 애벌레는 필사적으로 몸부림을 쳤지만, 물밀듯 밀려오는 개미군단의 인해전술 앞에는 당해낼 도리가 없다. 10분쯤 경과했을까, 이 살육의 현장에는 이미 개미들이 까맣게 몰려와 있었다.

저 프랑스 젊은 작가 베르나르 베르베르는 그의 대표작 <개미>에서 "만약 우주인들이 지구에 온다면 인간보다 개미에게 먼저 교류를 요구해올 것이다."라는 대목에서 탄복하고, 줄곧 개미에 대해 품고 있었던 경외심이 서서히 사라지고 있었다.

어쩌면 개미에게도 우리 인간들의 모습과 그토록 흡사하단 말인가. 나는 그 수많은 일개미들 중에서 열심히 일하는 녀석은 고작해야 1할에도 못 미친다는 것을 확인할 수 있었다.

그러한 개미들의 유형을 약간의 허풍과 상상력을 얹혀서 분류해보면,

첫째, 처음부터 끝까지 애벌레 몸통에다 젖 먹은 힘까지 다 쏟으며 매달리는 녀석

둘째, 애벌레에는 손도 대지 않고 주변을 왔다 갔다 하면서 "힘내라 힘, 힘내라 힘!"하고 동료들을 격려하고 사기를 돋궈주는 축구응원단 '붉은악마' 같은 녀석

셋째, 남들이 보는 앞에서는 아주 분주한 것처럼 "아, 바쁘다 바뻐!" 하고 설쳐대지만, 기실 남들이 안 보는가 싶으면 그늘에 앉아 일하는 동료들의 험담이나 하는 녀석(이 녀석들의 특징은

남들 앞에서만큼은 그 몸짓이나 목소리가 남들보다 몇 배 더 크고 높다).

넷째, 애당초 현장에서 멀리 떨어져 있으면서 남들이 뭐라 하건 말건 일신의 몸보신에 연연하는 복지부동인 녀석

다섯째, 애벌레 운반을 거드는 척하면서 오히려 일하는 동료의 다리 한쪽을 물고 늘어져 동료의 성실한 모습을 깎아내리려는 아주 고약한 녀석

여섯째, 열심히 일하다가도 기회를 보면서 애벌레의 살점을 뭉툭뭉툭 잘라다가 숨겨놓고는 저만 처먹는 녀석

일곱째, 목적지까지 운반을 끝마친 다음 여왕개미 앞에 와서는 이번 일은 자기 혼자 다 했노라고 목소리를 높이는 녀석

여덟째, 처음 애벌레를 발견하는 단계에서부터 개미굴로 옮기기까지 턱뼈가 다 빠지고 동료에게 물린 팔다리의 상처를 감추면서 오히려 동료들에게 공을 돌리려는 얄밉도록 미련한 녀석……등.
(이 외에도 얼마든지 있지만 더 꺼내기가 싫은 거 있지?)

인간이 개미를 닮은 것인지 아니면 개미가 서서히 인간의 나쁜 점을 본받기 시작한 것인지 어쨌든 한 사회에서 여럿이 모여 살다 보면 별의별 유형이 있기 마련이다.

지구의 3분의 2가 바다라는 것은 지구 상에 일어나고 있는 일들의 3분의 2가 물밑에 가려져 있다는 뜻이다. 이것이 세상의 부정적인 일들이 일시에 사회표면에 드러나게 됐을 때 우리가 그 참담함을 감당해낼 수 없다는 것을 헤아리신 하늘의 배려인지 모른다.

그거야 그렇다 치고, 귤나무 생리증상 중에는 양분의 결핍과 과잉상태가 있다. 마찬가지로 우리 사회도 분명히 과잉과 결핍의 요소가 있다. <감귤 살리기 운동>에 대한 말과 구호는 과잉이면서 이에 동참하려는 의지와 실천은 절대 결핍이다. 개미가 애벌레를 개미굴까지 옮기는 모습에서 보았듯이 극히 적은 수의 뼈 빠지게 일하는 녀석들이 있는가 하면 여기저기 들쑤시고 다니면서 여왕개미 수개미 역할까지 다 관여하려는 이른 바 정치적 개미가 있고, 남이 끌고 가는 애벌레의 등에 걸터앉아 먹을 것을 먼저 챙기려드는 얌체족 개미가 있는 것을 확인하기에 이른다(만약 개미들이 이 글을 읽는다면 나를 명예훼손죄로 검찰에 고소할 것이다. 개미들이여 미안하다).

우리가 웅크리고 앉아 애벌레를 옮기는 개미의 역사役事를 바라보고 있듯, 농사짓고 사는 우리 전체 모습을 하늘 높은 곳에서 바라보는 존재가 있다면 그는 혼자서 무슨 생각에 잠길 것인가.

구월에 접어들자 월동준비에 개미들의 발길이 더욱 바빠졌다. 머지않아 귤수확에 우리의 손길도 바빠질 것이고 요리저리 눈치껏 출하도 할 것이다. 이 과정에서 우리는 어떤 모습으로 하늘에 비춰질 것인가. "하나님 보시기에 좋았더라."라는 말씀은 창세기에 일곱 번이나 거듭된다. '하늘님' 보시기에 올해부터 우리들 감귤작업 하는 모습도 지금까지 보던 것보다 훨씬 아름답게 비쳤으면 좋겠다.

오로지 붙임성 하나로

서향西向인 우리집 시멘트벽은 한여름 오후 볕살에 고스란히 노출돼 있습니다. 한낮에 뜨겁게 달궈진 벽채의 열이 방으로 전도되면서 열대야로 밤잠을 설치는 경우가 잦습니다. 이러한 벽의 부담을 줄이려고 지난 해 봄 담쟁이 몇 뿌리를 추녀 밑에 심어 두었습니다.

불과 일 년 사이에 그 담쟁이는 벽을 타고 올라 집 전면前面 대부분을 덮었습니다. 그 단풍이 너무 고와서 사진도 몇 장 찍고 지난 겨울에는 「벽화」라는 제목의 시 한 편을 쓰기도 하였습니다.

오로지 붙임성 하나로
불경기에도 살만 하다던
우리집 담쟁이가
주춤주춤 겨울에 드네

엎디어 절망을 넘던
물렁뼈가
보이네.

등 굽은 사다리에 올라
하늘의 필법을 넘보던
파르르 바람벽에
겨울 나는 핏빛 한 점
끊길 듯 세필(細筆)로 내린
동앗줄이
더
춥네

　　　　　　　　　　　　－ 나의 시 「벽화」 전문

　올해는 볕 좋은 날씨 때문인지 단풍도 벌써 핏빛이면서 비록 슬레이트 불록집이지만 가을 운치가 제법입니다. 그런데 그중에 자기 영토를 지붕까지 옮기려는 녀석이 몇 있습니다. 줄기 하나가 낑낑대며 지붕에 오를라치면 슬레이트 골에 숨어 자던 바람이 까딱까딱 그 연한 목덜미를 불어 젖히고, 또 한 녀석이 바람 없는 틈을 타 사선斜線으로 살금살금 기어오르노라면 멀찌감치 지켜보고 있던 북동풍이 갑작스레 달려와 "요녀석 어딜!" 하며 담쟁이의 옆구리를 밀어내곤 합니다. 이처럼 담쟁이와 바람의 실랑이가 몇 개월 째 계속되면서 슬레이트 지붕 처마에서 턱걸

이하는 담쟁이들은 보는 이로 하여금 약간의 긴장감마저 자아내게 합니다.

그리고 며칠 전, 기필코 오르고 말리라 안간힘 다하던 담쟁이 한 줄기가 마침내 지붕 위에 첫 흡반吸盤을 딛고야 말았습니다. "파이팅! 파이팅!" 빛을 향하는 길이라면 결코 포기하지 않는 저들의 집요함에 마음속으로 박수를 보냈습니다.

가끔 "시는 왜 쓰느냐"고 묻는 사람들이 있습니다. 그 질문에는 두 가지 의미가 포함돼 있음을 알 수 있습니다. 하나는 '시가 결코 돈이 되지 않는다'는 것이고 또 하나는 '요즘에는 시 그 자체가 별 것 아니므로 "시인! 시인!"하면서 함부로 껍적대지 말라'는 의미일 것입니다. 그럴 때마다 나는 그 면전에 대고 "그럼 시 안 쓰는 사람들은 돈 많이 벌어서 모두 떼부자가 돼 있더냐"고, "그래서 돈 있는 사람들은 한꺼번에 팬티 다섯 장씩이나 포개 입고 사느냐", 그리고 "제대로 된 시인이 자기 명함에다 '시인'이라고 쓰고 다니는 것 봤느냐"고 오히려 더 큰소리로 따져 물으려다 그만 두곤 합니다.

"군자상달君子上達 소인하달小人下達"이라는 말을 고서에서 읽습니다. 정신적 세계가 상上이며 물질적 세계를 하下로 해석해도 무방하리라 봅니다. 어쩌면 시대가 우리에게 너무 많은 고지서를 발급하면서 결국 세상은 본本과 말末이 전도顚倒된 상태로 굴러가도록 돼버린 모양입니다. 그러나 아무리 "돈 돈!"하고 물질만을 추구하는 시대라 해도 그 한쪽에선 담쟁이 줄기처럼 끊임없이 생명의 실핏줄을 키워내는 누군가가 존재하기 마련입니다. 그래서 잃어버린 우리의 반쪽 모습을 시 쓰는 행위에서 찾기 위해 밤새워가며 그 고생고생을 하는 것입니다.

"아저씨, 우리는 빛과 진리를 찾아 날마다 저 높은 곳을 향해 나가는데 언제까지 구정물 같은 세상에서 인터넷 고스톱에만 빠져 있을 거예요?" 유리창에 가볍게 노크하며 사람을 타이르는 담쟁이 한 줄기가 곱습니다.

11월이 왔습니다. 먹이를 찾아 땅바닥만 긁고 다니던 토종닭처럼 본모습을 까맣게 잊고 살아온 우리에게 달력은 벌써 그 마지막 장을 준비하고 있습니다. 그리고 들녘에는 벌써 그 마지막을 준비하는 초목들이 우리를 향해 고개 숙여있습니다. 한 해 다 가도록 아픔을 참으며 하늘과 땅에서 빚어낸 저들의 과즙과 빛깔들이 사람을 눈물겹게 합니다.

이 가을 어딘가에 빛나는 과실과 단풍을 준비해놓고 나를 기다리는 한 그루의 유실수가 있을 것 같습니다. 그 주변엔 황홀한 생명의 빛이 넘쳐나고 있을 것임엔 틀림없습니다. 자그마한 배낭에 칫솔 하나 달랑 꽂고 그 빛나는 유실수를 찾아 훌쩍 떠나고 싶어 견딜 수가 없는 토요일 오후입니다. 벌써 내 속을 알아차린 듯 담쟁이 몇 녀석이 하루쯤 바람 쐬고 오라고 빨간 손바닥을 흔들고 있습니다. 역시 붙임성 있는 담쟁이 가문의 처신답습니다.

(2005. 11)

인적 뜸한 그곳에다

빨강 노랑 파랑 등 많고 많은 색깔이 있음에도 왜 녹색을 띤 꽃잎은 없는 것일까. 잎과 줄기와는 서로 대조적인 빛깔을 드러냄으로써 벌 나비 등에 꽃이 쉽게 발견되도록 조치한 하늘의 배려가 아닐까. 어쨌든 이 만개의 순간, 꽃들은 주변 곤충이나 인간들에게 자기의 성적 에너지가 최고조에 도달해 있음을 알린다. 이처럼 초원은 아직 인간이 감지하지 못하는 의미로 충만해 있으면서, 모든 꽃들에게 곤충이나 동물과의 밀거래를 위해 별도로 은유의 수법을 마련해둔 것이다.

결국 이러한 꽃들에 대해서 그만큼의 노력봉사(?)를 해야 하는 꿀벌이 있는 반면, 식물들은 이들에게 화려한 눈요깃감과 꿀을 제공함으로써 이들 곤충들을 가장 확실하게 자기의 생식기관으로 끌어들인다. 그래서 식물들은 곤충들과의 밀접한 교섭을 통하여 자손번식의 최종목표를 달성해나간다. 모름지기 식물세계에서는 인간의 미적욕구에 기준을 맞춰야 한다는 점을 간파하면서 이제는 야생화들까지 합세, 인간세상 한복판으로 추파를 보내고 있는 형편이다.

그 지능적이면서 현란한 식물의 전략에 말려든 꿀벌들이 있는가 하면, 그 꿀벌과 한 가족을 이루면서 하루하루 꿀벌에게 삶의 지혜를 채득해가는 한 여성 양봉가가 있었다. 제주시 구좌읍 세화리 정연희 씨, 당시 '친환경 농사법'이라는 고상한 어휘에 홀딱 반해 고향인 충북 음성에 귀농해서 2백 상자를 기대했던 친정집 포도밭에 고작 스무 상자 소출에 그쳐 다시 도시로 돌아왔다는 이야기, 그래서 당초 전공인 애니메이션 분야에 10년 정도 종사하던 중 딸아이 첫돌기념으로 제주도 여행을 왔다가 다시 또 자연의 매력을 뿌리치지 못해 이곳에 정착하게 되었다는 그녀.

제주에서도 남편과 함께 친환경 농사를 시작했고 초보자의 친환경 농법으로는 도저히 네 식구 생활이 어려웠다는 그녀. 그래서 남편은 전공 따라 서울로 가고 이제는 어린 두 딸을 유치원과 초등학교에 보내면서 혼자 양봉업을 하고 있단다.

꿀벌은 몸집에 비해 날개가 작아 좀처럼 날 수 없는데도 날고자 하는 강한 욕구 때문에 날 수 있다는 이야기며, 여왕벌 수명이 2년 정도 장수인데 비해 일벌 수명은 고작 40일에 지나지 않는다는 이야기며, 여왕벌이 부실하면 일벌들이 그 왕벌을 집밖으로 쫓아낸다는 이야기며, 일벌에게 설탕을 많이 주면 체중이 늘고

게을러지면서 병에 쉽게 걸린다는 말을 덧붙이는 그녀는 이미 자연의 눈을 통해 인간 세상을 바라보는 안목은 물론 저들 속에 내장된 자연의 균형감각까지 터득하고 있는 것 같았다. 무엇보다 그녀는 도시에서 태어난 아이들이 이곳 재래식변소 사용에 익숙해진 것을 자랑한다. 이 딸들에게 장차 우리보다 더 열악한 환경의 어린이들을 찾아가 일을 할 수 있도록 미리 준비훈련을 시키고 있었던 것이다.

그녀의 양봉현장까지 가서 사진 몇 장 찍고 돌아 나오려는데, 유월의 초원은 보란 듯 아주 섹시한 보랏빛 꿀풀꽃 무더기를 군데군데 피워 올리고 있었다. 자연은 이처럼 인적 뜸한 곳까지 꿀과 씨앗이라는 담보물 이외에 아름다움이라는 또 다른 신비를 숨겨놓고 있었다. 거기에다 꽃에 내장된 시각, 후각, 촉각 등 이처럼 갖가지 수단을 활용하여 특정 곤충은 물론 사람과도 소통하도록 하는 보살핌은 어디에도 예외가 없는 것 같다. 그래서 오늘도 물과 햇빛을 보다 가치 있는 세계 즉 시와 사랑으로 탈바꿈시키려는 작업을 벌이고 있는 것이다. 여기에 빠질세라, 좀 전 카메라를 들이대던 내 팔뚝에다 따끔따끔 벌침을 쏘아대던 또 다른 동료 꿀벌들까지 따라와 이 숭고한 자연의 역사役事에 열심히 힘을 보태고 있지 않은가.

며칠 후 <이신비양봉>이라는 표시의 꿀 한 병이 배달돼 왔다. 그 빨갛고 예쁜 포장상자를 뜯는 순간 "웬만해선 설탕을 주지 않기 때문에 우리 벌들은 몸집이 작아요."라고 말하던, 그 꿀벌처럼 작고 부지런해 보이던 여성 양봉가의 모습이 떠올랐다. 이어서 유난히 폭우가 잦았던 장마 때문에 더더욱 수척해진 꿀벌들이며, 비오는 초원에서 하염없이 그 벌들을 기다리다 지쳐 깊은 우울 속에 잠겨있었을 꿀풀꽃 송이 송이가 내 상상의 그림판 위에 포개지고 있었다.

제2부 밤에 우는 것들에 대하여

붓 대신 무릎을 꺾고

"물 한 모금 입에 물고 하늘 한 번 쳐다보고……" 초등학교 때 읽었던 동시 「병아리」의 첫 부분이다. 물을 머금을 때는 머리가 물그릇에 향해 있어야 하고, 그 물을 삼키기 위해서는 머리를 하늘로 향해야만 갈증을 해소할 수 있는 병아리의 처지가 되레 예쁘게 그려져 있다. 이상과 현실을 동시에 생각하게 하는 구절이어서 그럴까, 나이 들수록 이 시구가 새롭게 와 닿는다.

'내공內攻 쌓기'라는 말이 보통사람들에게까지 통용되면서 나역시 그 방법 중의 하나를 일상에 끼워놓기로 했다. '공자 왈' '맹자 왈'에서 출발, 고서古書 오십 권을 목표로 대필사경大筆寫經을 시작했던 것이다. 그러나 당초 내 의지의 전력으로 봤을 때 이 작업 역시 작심삼일로 끝날 것이란 짐작은 어렵지 않았다. 수십 번 무너졌던 금연약속이 그랬고, 그만두리라, 그만두리라 골백 번 다짐했던 인터넷게임중독이 그랬다.

실패를 거듭하는 자여, 그대의 나쁜 습관 세 가지를 버리고 꺼리는 것 세 가지를 취하라, 정녕 그대 인생이 바뀌리라. 그래 내가 꺼려하는 것 세 가지를 취하기 위해 삼일에 한 번씩 작심하자. 아니다. 작심삼일은 느슨하다. 이틀에 한 번, 차라리 작심매일, 작심매시로 바꾸자.

"딱 한 개비를 경계하라!" 금연선배의 경험담을 충고삼아 하루에도 열두 번씩 바짝바짝 스스로를 조이면서 35년 넘게 피워오던 담배를 끊었다. 금연 삼 년을 넘기고서야 비로소 주변 흡연자의 모습에서 골초 당시 니코틴에 찌들었던 내 과거의 초췌함을 본다.

이 중독 저 중독 해도, 붓글씨 정도라면 괜찮은 편 아닌가. 수천 년 강줄기에서도 유실되지 않은 성현들의 발자취를 더듬어보는 것도 그렇지만, 생전의 그 엄정함 잃지 않으시고 매일 아침 아들의 등 뒤로 오셔서 서툰 붓질을 지켜보시는 아버님의 채취를 느낄 수 있어 좋다. 그리고 나는 이 과정에서 '누적累積의 경이로움'이랄까 '지속성의 위대함'을 체험하고 있다. 고작 3년으로 화선지 두께가 키 높이에 이르는 걸 보면서, 문득 지금까지 먹었던 밥의 분량은 물론 이 입에서 쏟아낸 허풍의 분량을 헤아려본다.

생각은 다시 엉뚱한 곳으로 번져나간다. 내 잘못 때문에 오염된 세상의 정화를 위해 그보다 몇 배 더한 타인의 선행이 요구될 것이고, 반대로 세상의 균형유지를 위해선 그만한 악행이 다시 필요하리라는 억측, 혹성惑星들 인력引力이 개인적 에고이즘의 원리이고 개인적 에고이즘이 우주적 균형유지의 에너지원으로 작용하고 있을 거라는 변증에 이르기까지!

아주 깊이 아파본 사람마냥
바닷물은 과묵하다
사랑은 증오보다 조금 더 아픈 것이다

현무암보다 오래된 물의 육체를 물고 늘어지는
저 땡볕을 보아라
바다가 말없이 품고 있던 것을
토해낸다

(중략)
저 단단한 물의 흰 뼈들
저 벌판에 낭자한 물의 흰 피들

염전이 익히는 물의 석류를 보며
비로소 고백한다, 증오가
사랑보다 조금 더 아픈 것이었음을

아주 오래 깊이 아파본 사람이
염전 옆을 천천히 지나간다

어쩌면 그는 증오보다 사랑을 키워가는
사람일지도 모른다

— 장석주, 「소금」

최근 읽었던 장석주의 「소금」이란 시다. "사랑이 증오보다 조금 더 아픈 것이었음을 고백"하는, 아주 깊이 아파본 사람이 「소금」이라는 이름을 빌려 하얗게 추출해낸 삶의 아픔을 읽는다.

한 장르가 지니는 구심력과 원심력은 물론 뭔가 아득히 우주의 질서와 맥이 통하는 우리 언어의 신비감을 맛볼 수 있는, 그래서 나의 문학은 시조時調에서 출발했다. 정형시라는 고난도의 습작과정에서 할미꽃, 민들레, 엉겅퀴, 강아지풀, 들국화 등의 야생화는 물론 동백, 칸나, 장미, 코스모스, 목련과 같은 정원의 화초나 꽃나무들과도 어느새 정이 들고 말았다.

이 초목들은 삶과 문학의 길을 함께 보행하면서 나에게 지속적으로 자연과 언어, 역사와 언어 그리고 저들과 사람과의 관계를 속삭여준다. 그리고 아주 가끔씩은 세상에 대해 나의 섭섭한 부분을 토로하는 수단으로 활용되기도 한다.

세 차례 시집을 내도
독자들은 침묵했다

네 번째도 고개 돌린

이 땅 풀꽃이 야속도 하여

붓 대신 무릎을 꺾고
꽃 앞에서
울었다

　　　　　　　　　　　　　 – 나의 시 「붓꽃」 전문

　가수보다 노래 더 잘 부르고 서예가보다 붓글씨 더 잘 쓰고, 시인보다 시 더 잘 쓰기를 꿈꾸던 터에 독자의 침묵이 야속하지 않을 수 없다.

　그런데, 「붓꽃」이 발표된 후 몇 차례 휴대폰 벨이 울렸다. 독자가 아닌, '붓 대신 무릎을 꺾고 꽃 앞에서 울었'을, 나처럼 글을 쓰는 사람들에게서 걸려온 것이다. 이처럼 시는 고독한 장르이고 시인은 고독한 존재일 수밖에 없다며 스스로 타이르다가도 금방 돌아앉아 힐끗힐끗 독자들의 눈치를 살핀다. 인간적인 것 같기도 하고 가련한 것 같기도 하고, 어쩜 오십 권의 고서사경이 끝나고 화선지 두께가 두어 차례 턱밑을 넘볼 때쯤이면, 나의 작품도 물같이 바람같이 좀 더 가벼워진 차림으로 자연과 사람 사이를 왕래할 수 있으리라.

　가을 한복판의 새벽 4시 십오 분, "또르르 또또르르……, 또르르 또또르르" 바보처럼 아직도 제 짝 하나 구하지 못한 귀뚜라미가 지치도록 나의 창을 보채고 있다. 보기엔 연약하기 이를 데 없는 등신이고 미물 같지만, 「붓꽃」에 뒤지지 않을 집요함이 사람을 이처럼 깨워 앉힌다. "또르르, 또또르르, 또르르 또또르르……," 세 가지를 버리고 세 가지를 취하라."는 하늘의 귓속말이 저 귀뚜라미 소리를 타고 새벽계단을 굴러내려 오는 것 같다.

삼십 초에 쓴 시

마라도 저물녘은 구름 한 점 바람 한 점이 없다. 어느 늙은 어부의 심줄이 이쯤에서 다 풀리기라도 한 것일까, 바다도 지느러미를 순순히 내리고 빨갛게 녹아내린 수평선 밖으로 폐선 한 척을 띄워 보내고 있다. 마침내 지상과 천상의 접점이 허물어지면서 생과 사의 경계선도 폐제廢除되고 있다.

이윽고 노을이 사위고 여태 숨죽이던 파도가 울렁인다. 질기디 질긴 혈육 하나를 먼 곳으로 전송하고 돌아온 사람처럼 바다가 마침내 나의 무릎께 와서 흐느끼기 시작한다. 그 무렵 노을에 까맣게 타버린 섬이 제 꼭대기에 촛불 하나를 꽂아 세운다.

아, 등댓불! 저것은 선지자의 눈빛이면서 방황하는 자들의 제단祭壇이다. "깨어있어라, 깨어있어라!" 이처럼 등대는 절망과 허무를 뛰어넘어야 하는, 깨어있는 자들의 존재의 당위성을 확인시켜주고 있었다.

한반도의 낙관落款처럼 거기 눌러있으면서, 이 문학초년생에게 노을바다를 펼쳐주던 마라도, 그때 그 영감靈感이후 내 가슴속에는 전혀 새로운 형태의 섬 하나가 발육되고 있었다.

「마라도 노을」이라는 제목을 달고, 쓰고 지우고 쓰고 지우고를 반복했다. 종으로 쓰고 횡으로 쓰고 붓으로 쓰고 연필로 썼다. 배고플 때 썼다가 배부를 때 읽고 슬플 때 썼다가 기쁠 때 읽고 밤에 썼다가 아침에 읽었다. 산을 보고 3천 번 절해야 봄 한 철이 우리에게 고사리 다섯 근을 허락하듯, 「마라도 노을」도 3년간 3천 번은 족히 쓰고 지우기를 반복했으리라.

작품을 완성시키고 나는 신경성 위궤양을 오래 앓았다. 그 작품이 발표되고 일 년 넘어서야 중앙일보에서 「마라도 노을」이 중앙시조대상 신인상 수상작에 선정됐다는 통보를 받았다.

그보다도 3년 전, 첫 시집 『진눈깨비』를 냈다. 그리고 제일먼저 병환 중이신 아버님께 드렸다. 며칠 후 아버님의 일갈一喝은 내 생에 어떤 회초리보다 아팠다. "한 세상 사는 것이 다 길이라 하는 것을" 등 체념과 한풀이가 시의 전부인 것으로 착각하던 당시 아들의 시작詩作태도를 단박에 뒤엎어놓으신 아버님의 한 마디,

"젊은 놈이 무슨 신세타령이 그렇게 깊어!?"

한낱 미물들도 몇 차례 탈피脫皮의 과정을 거쳐야만 생존과 번식이 가능해진다. 그때 그 누더기 정신의 껍질을 벗지 못했다면 나의 문학도 그쯤에서 소멸되고 말았을 것이다. 그 후『겨울반딧불』에서 한번 껍질을 벗고『서울은 가짜다』에서 변신을 거듭했다. 첫 시집 축하를 회초리로 대신하시던 아버님은 오늘도 이처럼 아들의 삶 속에, 문학 속에 쩌렁쩌렁 살아계시다.

돌이나 나무 그리고 쇳덩이 속에는 신이 감추어 둔 갖가지 형상들이 있다. 한 예로 신은 팔공산 바위 속에다 부처를 숨겨놓고 석수石手들 손에 정釘과 망치를 쥐어주었다. 석수들은 오랜 세월 그 바위를 깎고 또 깎아내고는 마침내 바위 속에 잠자던 부처의 얼굴에 햇볕이 들게 했다. 대구 팔공산 갓바위 부처는 그렇게 탄생된 것이다.

나는 가끔 불가佛家에서 주어들은 "진흙이 많아야 부처가 크다"는 말을 문학 후배들에게 전한다. 그리고 30만 단어가 수록된 국어사전을 깎고 부수고 버리고 하다가 맨 마지막 마흔 다섯 글자가 남았을 때 비로소 한 수首의 시조가 탄생된다고 말한다.

그 무수한 언어의 덩어리를 깎고 다듬고 깎고 다듬고를 반복하다 보면 한 대상이나 사건에 꼭 합당한 언어가 있다. 그리고 밖으로 눈을 돌리면 그 언어에 합당한 어떤 대상이나 사건이 반드시 존재하기 마련이다. 그 무수한 언어와 무한한 대상의 짝짓기,

즉 한 시인의 노력으로 언어와 사물이 인연을 맺으면서도 또 하나 이 지상의 조화와 질서를 획득한다. 생에 단 한 줄이라도 그 불멸의 언어를 찾기 위해 시인 작가들이 오늘도 골방에서 창백한 손가락의 피를 말리고 있는 것이다.

3년 전 추석 전날, 저물녘에 비가 그쳤다. 제주시내 큰집으로 가기 위해 차를 몰고 달리다가 저만치 침엽수림 사이로 덩그마니 떠오르는 열나흘 달을 보았다. 물기 묻은 모든 것들이 달빛을 만나는 순간 나는 반짝이는 것으로 가득 찬 또 하나의 우주를 보았다. 차를 세우고 유리문을 내렸다. 그러자 비 그친 들녘의 풀벌레 소리가 차 안으로 쏟아져 들어왔다. 들녘 가득 풀벌레 소리조차 젖은 달빛에 빛을 얻고 있을 때 나는 그 어떤 황홀감에 빠져들고 있었다. 잠시 후 정신을 가다듬고 시첩試帖에 마흔다섯 글자를 옮겼다.

　　　비 그치자 풀벌레소리
　　　석 섬 분량이 쏟아진다

　　　물에 불린 만월(滿月)이
　　　산창 밖에 떠 오른다

　　　천지간 백금가루가

만 석 쯤은
쌓인다

– 나의 시 「삼십 초에 쓴 시」 전문

불과 삼십 초에 시 한 편을 쓰다니, 3년 걸려 완성시킨 「마라
도 노을」과는 참으로 극적인 대조다. 그 후 이 작품에 갖다 맞출
합당한 제목을 찾지 못해 다시 3년 넘게 헤매고 다녔다. 결국 이
것저것 다 버리고 「삼십 초에 쓴 시」라고 제목을 달았다. 그러자
3장 6구 12음보 45글자가 일제히 "차라리 그게 좋은데요."하며
저마다 제자리에 반짝거린다.

　　　"인생은 살기 어렵다는데
　　　시가 이렇게 쉽게 씌어지는 것은
　　　부끄러운 일이다."

이 시를 끝마치고 제일 먼저 떠올린 시구詩句, 윤동주의 「쉽게
씌어진 詩」 한 부분이 다시 나를 부끄럽게 했다.

(2005. 10)

밤에 우는 것들에 대하여

비 그친 밤, 구름 속에 얼굴을 감췄던 달님이 가만히 마을을 내려다봅니다. 대낮에 울긋불긋 칼라판이던 세상이 달밤이면 그 원색적 색소가 완연히 사라지고 전혀 색다른 느낌의 모습을 드러냅니다. 낮에 본 모습이 이성적이고 논리적이라면, 밤의 모습은 비논리적이고 감성적이어서 전원은 묘한 신비감에 휩싸입니다.

혹시 오래 전 대구에서 실종된 개구리소년들이 돌아오기나 한 것처럼 밤 아홉 시가 지나면 가까운 개구리 한 마리가 울기 시작합니다. 근처 개구리들이 하나 둘 따라 울기 시작하고 마침내 고요하던 전원은 개구리 소리로 넘쳐납니다. 이쯤이면 백주에 생트집처럼 피었던 개망초 꽃들이 한결 유순해지면서 달빛도 나무도 꽃잎도 온통 개구리울음소리로 따라 웁니다. 그러다가 새벽 3시가 지나고 밤 기온이 떨어지면 개구리들은 약속이나 한 것처럼 일제히 그 울음을 멈춥니다.

가끔씩 제주도 밖을 나가보면 이곳에선 들을 수 없는 밤의 소리가 있습니다. 지난 해 여름, 취재 차 전라도 어느 시골에서 민박하고 있을 때 민박집 근처의 황소개구리 울음소리가 사람을 놀라게 했습니다. 어쩌면 소 울음 같기도 하고 때로는 물고문 당하는 사내가 "어억! 어억!"울부짖는 소리만 같아 듣는 사람을 침울하게 했습니다.

큰스님 면전에 대고 "소쩍 소쩍" 함부로 말대꾸하는 소쩍새의 소리는 산사 등에서 흔히 듣는 소리지만 TV 연속극 시골 밤 장면에 단골메뉴로 전해지는 아주 귀에 익은 소리입니다.

1980년대 초까지도 도시 골목을 오가며 피리소리로 호객하던 장님안마사는 요즘 피리새가 되어 습기 찬 밤하늘에 가늘고 슬픈 금을 그으며 날아다닙니다. 도시골목 안마사 피리소리도 그러하지만 요즘 밤하늘을 가르는 피리새의 울음소리는 왜 그리 처량하게 들리는지 모릅니다. 그뿐이 아닙니다. 가끔씩 밤고양이 울음소리가 사람을 놀라게 합니다. 마치 자식 없는 부잣집 문전에 갓난아기를 몰래 두고 갔던 미혼모가 밤마다 그 동네에 숨어들어와 참다 참다 터져 나온 울음소리로 착각하게 만듭니다.

과수원 안에 기거하면서 가만히 숨을 죽이고 있노라면 문밖에 잠든 강아지 방귀소리는 물론 아주 미세한 곤충의 발자국소리도 헤아릴 정도로 귀가 밝아집니다. 이처럼 우리가 살고 있는 하늘 아래에는 밤에 우는 것들이 의외로 많습니다. 벌레소리 개구리

소리가 그렇고 고양이가 그렇습니다. 결국 저들은 따로따로 분가해 사는 것이 아니라, 자연이라는 울타리 안에서 사람들과 오순도순 한솥밥 먹고 살면서 "아직도 이 땅에는 밤에 우는 사람들이 많은 것 같아요." 라며 우리에게 귀띔해주고 있습니다. 그러다가 과수원에 맹독성 살충제라도 뿌린 날 밤이면 풀벌레나 개구리 울음소리가 뜸해지고 그때마다 저들에게 참으로 미안하단 생각도 듭니다.

비가 멎은 다음 나뭇잎이나 아스팔트가 빠른 속도로 마르면 날씨가 개일 징조이고, 비가 멎은 후에도 아스팔트가 계속 젖어 있던가 청개구리가 울면 다시 비가 올 징조입니다. 그것은 공기 중 습도와 밀접한 관계를 맺고 있는 이른 바 과학에 근거한 이야기일 것입니다.

『나의 문화유산답사기』를 쓰고 갑자기 유명해진 유홍준 교수는 그의 책머리에 "아는 것만큼 이해한다"고 했습니다. 그러나 거기에는 그 '아는 것'이란 사물의 외연적外延的인 것에 대한 이해, 즉 학문적 지식을 두고 한 말입니다. 시인들은 그와는 반대로 하나의 대상을 비논리적 즉 내포적內包的시각으로 바라봅니다. 그래서 들녘의 개망초 꽃을 "백주의 샹트집"이라 하고 산사山寺 소쩍새는 "큰스님 앞에서 함부로 소쩍소쩍 말대꾸한다."하고 나뭇잎이나 심지어는 하늘의 달빛조차도 지상에 내려와 개구리소리로 운다고 독자들에게 '구라'를 칩니다. 그러나 사람들은 시를 읽고 거짓말이라 하지 않습니다. 조용필의 <그 겨울의 찻집>노래 가사에 사랑을 "아름다운 죄"라고 했듯이, "시는 아름다운 거짓말"이라 해도 별 지나침이 없을 것입니다.

자연과 인간 사이에 서서 인간의 언어를 자연의 언어로 통역해 올리고 자연이 우리에게 건네는 메시지를 우리의 언어로 받아쓰는 자가 시인인 셈입니다. 그런 시각으로 본다면 한국의 산천초목이 한국인에게 전하는 메시지가 얼마나 아름답고 숭고한 것인가를 짐작하게 됩니다. 따라서 우리 농민들은 이미 시인이며, 도시 사람들이 돈을 주고도 향유할 수 없는 자연과의 고차원적 교감을 지속하고 있다는 점에서 남다른 행복을 누리고 있는 셈입니다. 그러한 가치추구가 어쩌면 새까만 화산회토火山灰土에서 튼실한 봄감자를 캐는 것만큼이나 소중한, 우리 농민들의 또 다른 경작이며 기쁨일 것입니다.

그리 멀지 않은 곳에서 맹마구리(맹꽁이) 울음소리가 들려올 것만 같은 우기의 밤입니다.

(2001. 7)

미선이 효선이 부르며

유월 문턱을 막 넘어서면 변하는 것 두 가지가 있다. 그 첫째가 하늘 빛깔이고 다음이 들꽃 빛깔이다. 알록달록 현란한 봄꽃들이 떠나간 자리마다 하얗게 색소 빠져나간 들꽃들이 들어선다. 여기저기 들찔레가 타래를 이루고 뻘기꽃이 저마다 촛불 하나씩 켜든다. 한때 제주도 전역에 퍼지면서 생태계를 위협하던 개민들레도 차츰 이곳 환경에 길들여지면서 우리 모습을 담아가는 것 같다. 녀석도 어느새 에누리를 알고 타협을 알고 슬쩍 슬쩍 사람 속일 줄도 안다. 개민들레가 자리를 비우면 그곳엔 다시 '개'자 돌림의 개망초가 피어난다. 들찔레 피었던 곳에는 인동초는 물론 쥐똥나무 꽃이 피고 간간이 까지수영이 끼어드는가 하면, 아카시아 피었던 산길엔 밤꽃과 산딸나무꽃이 전설처럼 피어오른다.

내 고향 산남 쪽에선 '뺑이'라 하고 산북 제주시에선 '뼁이'라 하고 서울말로는 '삘기'라 하는 '띠'도 이쯤에 꽃을 피운다. 먹을 것이 귀했던 시절 이 여린 삘기를 주머니 가득 까먹고는 이튿날 변비로 고생했던 아린 추억의 식물이기도 한 삘기꽃이다. 초가집이 사라지면서 띠밭도 사라지고, 왕년에는 집단적으로 밀려오던 것이 요즘엔 길가나 무덤 위에 몇몇씩 군락을 이루며 피어있는 것이 고작이다.

최근 어느 술자리에서 순수문학이니 참여문학이니 하는 진부한 언어들을 들춰가면서 요즘 시인 작가들에 관한 이야기를 했다. 그때 어느 시민이 "문학인 중에서도 민족문학작가회의 소속 문인들은 대체로 정치적 인상을 풍긴다고 했다. 어쩌면 그렇게 보일 수도 있다. 정치적이든 현실적이든 그와는 상관없이 시인이 설자리란 항상 약한 쪽이며 낮은 곳이다. 그 여리고 약한 것들이 어떤 물리적 힘에 유린당했을 때 시인들은 언어로든 몸으로든 저항한다. 그리고 제 할 일 다 했을 때 제자리로 돌아오는 것이 또한 시인이다. 한때 문학이 독재권력에 저항해온 그 이력을 놓고 민족문학작가회의 소속 시인작가들이 정치적으로 보이는 모양이다.

현실적인 삶과 역사적인 삶의 차이란 어떤 것인가. 현실적인 삶에서는 우선 현실에 몸을 섞는다. 시류와 타협하고 돈과 타협하고 때로는 불의와도 타협한다. 그것이 문학인 경우 독자와 타협하고 인기나 유행과도 타협할 것이다. 그렇지만 세상에서 가장 짧은 단어가 바로 '인기'와 '유행'과 '권력'이라는 것을 알았을 때 우리는 돌아와 자신 앞에 정좌하게 된다. 작고 약삭빠른 현실의 톱니바퀴에서 빠져나와 크고 당당한 역사의 톱니바퀴에 물려 있는 삶과 문학! 윤동주가 그랬고 이상화와 한용운이가, 김수영과 신동엽이가 그랬다.

촛불이 하나일 때는 기도의 상징이고 둘일 때는 제(祭壇)의 상징이다. 십이요 백일 때는 집회의 상징이요, 천이요 만일 때는 이미 시위의 상징인 것이다. 양심과 법과 질서가 도저히 통하지 않았을 때 약자들은 연대를 이루어 이에 맞선다. 비폭력의 상징이요 약한 것들의 상징이며 진실의 상징인 것이 촛불시위임을 왜 모르랴.

> 어린 손 천 번을 모으면
> 하늘도 생각이 바뀌실까
>
> 열네 살 삘기꽃들이
> 촛불 하나씩 켜들고

미선이 효순이 부르며
마을 쪽으로 가고 있다.

　詩라고 끄적이며 나이를 먹다 보니 가끔씩 들녘에 핀 삘기꽃
조차 어린 학생들의 촛불시위로 보인다. 우리 여중생 미선이 효
순이가 미군 장갑차에 무참히 희생되었을 때 어린 학생들이 촛
불 하나씩 켜들고 서울 시청 앞에 모였다. 이와 때를 같이하여 내
가 사는 마을 금악오름 삘기들도 촛불 하나씩 켜들고 유월의 들
녘으로 모여드는 것이 아닌가.

　　발자국이 쌓여서 길을 이루고 세월이 쌓여서 역사를 이루
　고 흰꽃들이 모여서 유월 들녘을 적시고……

　　잠 설친 수국꽃잎에
　　눈물방울이 푸른 아침

　　목발 짚은 사내가
　　꽃 위에 꽃을 얹히네,

　　미안타, 미안타 하며
　　절뚝 절뚝
　　유월이 가네.
　　　　　　　　　　　　　　　　　－ 나의 시 「유월의 시」 중에서

"미안타, 미안타……" 역사가 우리 앞에 미안한 건지 우리가 역사 앞에 미안한 것인지 총기난사 사건의 빈소까지 찾아와 꽃 위에 꽃을 얹히고선 뻐꾸기 우는 길 따라 절뚝절뚝 분단조국 유월이 가고 있다.

(2005. 6)

피리새

　과수원이 없는 제주도 동·서부지역에는 아직도 종달새가 많다. 보리밭 돌담너머 소리 나는 쪽을 유심히 보면 반시계 방향으로 원을 그리며 아득히 솟아오르는 한 점 종달새를 바라볼 수 있다. 예로부터 시인을 천기누설차라 했다면 종달새는 정녕 하늘이 세상에 내려 보낸 염탐꾼임에 틀림없다.

　　뽐내봐야 사람들이란
　　삼류 속으로 흐르고 만다는……

　　쫑알쫑알 종달새 녀석
　　인간사를 눈치 챘는지

　　하늘로 너절한 소식
　　종일 고해

바친다
　　　　　　　– 나의 시「쫑알쫑알 종달새 녀석이」전문

　종달새는 암만해도 우리 인간사가 저질底質로만 보이는 모양
이다. 그래서 매일처럼 "사람들은 삼류랍니다, 뽐내봐야 사람들
은 삼류랍니다. 조잘조잘 조잘조잘," 우리네 삶의 모습을 하늘님
께 쉴 새 없이 고자질하느라 종달새의 오뉴월 하루해가 짧다.

　주변에 흔히 보이는 까치, 제비, 참새, 비둘기, 까마귀, 꿩 등을
제외하면 그 이름이나 울음소리를 알면 얼굴을 모르고, 얼굴을
알면 정확한 이름을 모른다. 현대인 중에 종달새를 아는 사람은
많지가 않다. 뻐꾸기나 소쩍새 그리고 휘파람새도 목소리와 이
름은 알지만, 그 얼굴을 직접 보았다는 사람도 별로 없다. 치마
두르면 그냥 여자이고, 날개 달고 하늘을 날면 "저게 새이려니"
할 뿐이다.

　요즘처럼 공기 중에 습도가 높아지면, 캄캄한 밤하늘에 "꽈악
꽈악" 묘한 여운을 흘리며 나는 새가 있다. 어릴 때 고향 어른들
은 이 새의 울음소리를 따서 '곽새'라 했지만 사실 이 이름도 정
확지는 않을 것이다. 이 새가 동쪽에서 서쪽 하늘로 날면 내일은
비가 올 것이고 서쪽에서 동쪽으로 울며 날면 날이 갠다는 속설
이 있을 뿐, 아직도 나는 이 새의 정체에 대해 아는 바가 없다.

　요들송으로 소문난 휘파람새는 얼굴 없는 스타처럼 좀 해서

자기 모습을 드러내지 않는다. 입춘이 지나고 차츰 날씨가 풀리면 맨 먼저 봄 소식을 알려준다. 또 하나, 밤에 우는 새들 중에 두견새가 있다. 가슴 속에 무슨 원한이라도 품고 사는지 바람 없는 노을녘이나 비가 올 것 같은 밤이면 그 무슨 발작증세처럼 별의별 욕지거리로 하늘복판을 휘젓고 다닌다.

언젠가 KBS 2TV 주말프로에 해방 후 한국 현대사를 다룬 <동양극장>이 방영됐다. 거기에 당시 경성 뒷골목을 아주 리얼하게 묘사한 세트 한 장면이 있다. 이 드라마에 관심을 두었던 사람이라면 여인숙 골목에 남루한 차림의 한 사내가 피리보다 작은 대롱을 물고 "삐―, 삐―" 소리내며 지나가는 것을 보았을 것이다. 바로 피리소리로 호객하며 안마서비스로 먹고살았던 장님 안마사의 모습이다. 1970년대 중반까지 가끔씩 들렸던 그 소리……, 지금도 50대 이상 된 아저씨 아줌마들은 "차―압 싸―알 떠어―억"하는 목판 장수의 여운과 함께 장님 안마사의 피리소리고 깊어갔던 구슬픈 한국의 밤을 추억할 것이다.

비 오면 하루벌이로 한 끼니를 때운다는
장님 안마사가 젖은 지폐를 헤아릴 때
누군가 지붕에 올라 깨진 피리를 불고 있었다.
　― 나의 시「밤에 우는 것들에 대하여―7피리새」전문

비오면 노점상은 물론 장님 안마사의 매상도 절반으로 줄 것이다. 그 늙은 안마사가 일을 마치고 돌아와 젖은 양말을 벗으며 더듬더듬 물기 묻은 지폐를 헤아릴 때 이 판잣집 지붕 위로 피리새 한 마리가 울며 지나갔으리라. 어쩌면 새들 세상에도 IMF가 닥쳤는지 그때 그 장님 안마사들이 하나같이 하늘나라로 돌아간 지금 이 땅에는 피리새가 대신 내려와 운다.

암 수술 받고서야 세상이 달리 보이더라는 어느 환우患友의 고백처럼 눈과 귀를 다시 열면 보이지 않았던 것들이 보이고 들리지 않았던 소리가 들린다.

"삐―, 삐―" 그 피리새 소리는 애인 없는 처녀총각 귀에만 들리고 상처가 있는 사람에게만 들리고 상실의 고독에 흐느끼는 사람에게만 들리고 눈물 젖은 빵을 먹어본 사람에게만 들리고, 남의 아픔을 나의 아픔으로 끌어안을 수 있는 사람들 귀에만 들린다.

이처럼 하늘님은 온갖 것들을 지상에 내려 보내시어 혼자 깨어 뒤척이는 영혼들과 벗하며 그들을 위로하신다. 따라서 이 땅의 모든 날짐승 들짐승 그리고 산천초목에 이르기까지 한국을 사는 저들과 사람들은 같은 방향으로 진화에 나갈 것이다.

그래서일까, 요즘 주변을 가만히 보면 하찮은 미물微物들조차도 우리 대한민국에서 월드컵 치르는 사실을 속속들이 알고 있는 것 같다. 6월 22일 스페인과 4강 진출을 놓고 뼈 부서지게 싸우고 있을 때, 평소 극성이던 모기도 바짝바짝 피가 마르는지 벽에 붙은 채 숨죽이고 있더란다. 그리고 홍명보 선수가 마지막 슛을 성공시키는 순간 "꼬오오링!!! 꼬오오링!!!" 이집 저집 창밖으로 울음 섞인 함성이 터져 나오고, 골목에선 똥개들도 덩달아 기뻐 날뛰며 컹컹 난리를 피우더란다.

지금 이 시각 새벽 3시, '붉은악마' 티셔츠를 입고 거리응원나간 딸아이가 돌아오지 않아서일까, "삐─ 삐─" 아빠 피리새의 걱정스런 울음소리가 6월 밤하늘을 가르고 있다.

(2002. 7)

뽕짝세대의 가을

　여름내 북적대던 모래사장엔 이미 껍질뿐인 파도가 스러지고, 산을 내려오던 가을이 중산간에 머물면서 들녘의 억새들을 온통 불러 깨웁니다. 가을은 이처럼 산과 바다로 우리를 협공해오면서 가을타는 사람들을 힘들게 합니다.

　물방울이 모여서 강을 이루고 발자국이 쌓이면서 길이 되듯이 봄 여름 가을 겨울이 겹치면서 그 계절적 눈금들은 어느새 세월이라는 큰 강줄기로 이어집니다. 그래서 가을을 이야기할 때마다 우리 뽕짝세대들은, 세월이라는 맨 끝자락에서 서성이는 죽음의 그림자까지 감지하기에 이릅니다.

　뽕짝세대라면 대체로 해방 이후부터 1950년대 중반까지 출생한 이 땅의 한 많고 설움 많은 사람들을 일컫는 말입니다. 그들은 추억에서 생의 감즙甘汁을 음미하며, 과거사를 이야기하는 장소에서는 반드시 한마디씩은 말참견하는 특징이 있습니다. 흘러간 노랫가락이 나오면 같이 따라 흥얼거리다가 가끔씩 눈물까지 글썽이는 어질고 착한 아줌마 아저씨들입니다.

4·3의 후유증을 가장 심하게 치렀으며, 6·25, 4·19, 5·16 등을 거치면서 반공교육을 가장 많이 받은 세대이면서 미국米國이라는 나라 이름을 "쌀 米"자를 "아름다울 美"로 바꿔 부르면서 미국이 세계에서 가장 아름다운 나라로 교육을 받고 자란 세대들입니다. 베트남 전쟁에 참여한 용사들도 이들 중에 있고 IMF 때 가장 먼저 직장에서 쫓겨난 사람들도 이들 중에 있습니다.

<승리>, <사슴>, <백양>, <진달래>, <금잔디>, <새마을> 담배 맛을 아는 세대, 남인수의 <황성 옛터>, 고복수의 <타향살이>, 황금심의 <알뜰한 당신>, 김정구의 <눈물 젖은 두만강>, 백연설의 <대지의 항구> 등의 뽕짝노래라면 좀처럼 마이크를 놓지 않으려드는 세대, 솔칵불, 접시불, 각재기불, 호야불을 아는 세대, 이처럼 비극적 상상력에 삶의 축을 두고 있으면서 수많은 곤경과 절망을 체험하면서도 끝내 희망을 버리지 않고 오뚝이처럼 일어설 줄 아는 세대가 바로 이들입니다.

사람은 태어나면서 가장 먼저 젖 맛을 알고, 사탕 맛을 알고 고기 맛을 알고 돈맛과 사랑 맛을 알게 됩니다. 이처럼 무언가를 조금씩 알기 시작해서부터 차츰 순수라는 의미는 사라지고 맙니다. 뿐만 아니라 생의 산전수전을 겪으면서 평면적 체험이 입체

적 체험으로 바뀌게 되고, 세상에 반짝이는 모든 빛줄기들이 결국 눈물의 결정체라는 것을 깨닫게 됩니다. 그래서 아픔을 체험한 사람과 아픔이 없었던 사람과는 단 오 분도 대화가 통하지 않는다는 것을 누구보다도 더 잘 아는 우리 뽕짝세대들입니다.

20세기와 21세기에 생의 중심을 보내면서 이들이 겪어야 할 문화적 혼란 또한 이루 말할 수 없습니다. 그래서 이들에겐 좀처럼 버리지 못하는 자기 스타일이랄까 고집 같은 것이 있습니다. 이들 코드는 110볼트에 맞는 것이어서 이른바 386이나 486세대들에 의해 밀려나면서 지금은 사회 한 귀퉁이에서 초로의 가을볕을 쪼이고 있습니다.

태어나면서부터 미국은 좋은 나라, 소련은 나쁜 나라, 북한은 괴뢰집단이라고 철저히 교육 받아온 우리, 5 · 16이후 미국이 먹다 남은 밀가루를 감읍感泣하며 받아먹었던 우리, 그래서 성조기 앞에 거수경례하는 미국 노병의 모습을 비추는 할리우드 영화를 보고 "감동! 감동!"을 연발했던 우리들 같습니다. 그러나 지금까지 세계 약소국가들에 대한 미국의 태도를 보면서 참으로 지능적(사실 별로 지능적인 것도 아니지만)계략이었다는 것을 깨닫게 됩니다. 최근 들어 UR이니 IMF니 WTO니 하는 것을 미국의 틀에다 맞추어 만들어놓고, 약소국가들의 농업은 물론 기초 생계에 시달리는 우리 밥상까지 저들 마음대로 간섭하고 있는 것만 봐도 그렇습니다.

21세기의 첫가을은 뉴욕테러 참사의 목격과 동시에 시작되고 있습니다. 좀처럼 아픔을 체험하지 못하고 살아온 미국 사람들의 급소가 테러의 직격탄을 맞은 셈입니다. 테러에 이르기까지 그처럼 극단적인 증오심의 동기에 대해서는 일말의 언급도 없이 요즘 미국은, 전 국민은 물론 우방 국가들까지 성조기 앞에 불러 세우고 대대적인 보복의 미사일을 장착시키고 있습니다. 어쩌면 이번 기회에 미국 병기 창고에 잔뜩 쌓여있는 최첨단 대량살상무기를 만천하에 공개하면서 "미국을 따르지 않는 나라는 앞으로 두고 볼 것이다."라고 공갈협박을 하고 있는 듯한 느낌을 떨쳐버릴 수가 없습니다.

　어쨌거나 우리 뽕짝세대들은, 이번 참에 미국이라는 세계 헤비급 챔피언 권투선수가 뼈만 남은 아프가니스탄의 초등학교 어린이를 링 위에 올려놓고 사정없이 두들겨 패는 장면을 목격하게 될지 모르겠습니다. 인생은 짧다고들 하지만 달리 보면 참으로 길고 지루한 것이어서, 살면 살수록 보고 싶은 것보다 못 볼 것을 더 많이 보게 되는 것이 인생사인 것 같습니다.

　인간사회가 인간의 의지에 의해 조절될 수 없는 상황일 때 바로 저기 준엄하게 드리운 하늘을 우러러 봅니다. 결국 강력하고 거대한 것일수록 그 수명이 짧았던 것을 우리는 역사에서 배웁니다. 그래서 '절대'라는 말은 가급적 사용하지 않는 것이 나이든 사람들의 봄에 배인 습관이기도 합니다.

젊은 시절 읽었던 톨스토이의 민중소설 "신은 진실을 알지만 끝까지 기다리신다."라는 대목이 유난스레 떠오르는 가을, "저 하늘은 나에게 몇 번의 추수를 더 허락하실까" 생각하게 하는 뽕짝세대의 가을입니다.

(2001. 10)

하늘이 허락하신 만큼

사람 앞에 굽신거리지 않는 이유 때문에 들녘으로 내몰린 이 땅의 야생화를 나는 사랑한다. 민주화를 위해 우리를 대신해서 사라져간 젊은이들 무덤가에 우리보다 먼저 찾아와 피어있는 들꽃들을 사랑한다. 이 들꽃들은 우리가 헌화한 가식의 꽃다발보다 천 갑절 만 갑절 아파했음에도, 그 표정에서 도저히 아픈 모습을 보이지 않는다. 그래서 나는 한국의 야생화를 사랑한다.

나이 들면서 한 송이 한 송이 피어나는 한국의 들꽃들을 나는 내포적內包的 의미로 바라본다. 야생화의 눈빛을 통해서 우리에게 전하려는 하늘의 언어를 찾으려는 거다.

감귤원 겨울 잡초인 별꽃과 쇠별꽃은 늘 작은 소리로 무언가 속삭인다. 그러다가 때로는 한 발 더 나아가 사람 앞에 눈물을 글썽인다. 저들은 서릿발 허옇게 솟은 겨울 화산회토에 뿌리를 박고 연초록 등을 비비며 새봄의 개화를 준비한다. 그러다가 2월이면 제 이름처럼 별을 닮은 꽃을 피운다. 녀석들은 벚꽃이나 철쭉처럼 제가 필 자리를 놓고 다투지 않는다. 서로서로 간격과 시기를 배려하면서 2월부터 4월까지 피고지고, 피고지고 또 피고진다. 가장 낮은 곳에 있으면서도 언제나 밝다. 지난 해 아빠와 단둘이서 산골에 살다가 서울로 팔려(?)가기 전의 영자처럼 별꽃은 티 없이 웃으며 성긴 치아를 드러낸다. 요즘 TV에 비추는 장애인들의 웃음도 꼭 그와 같다.

얼마 전 뇌성마비 장애인이 쓴 시집 한 권을 샀다. 서귀포 예래동에서 태어나 제주영지학교 중학부 2학년에 재학 중이라는 강민호 군이 컴퓨터 마우스틱을 입에 물고 써낸 시집이다.

나는
덜 익은
과일입니다

독특한 맛을
지니지는 못한
나는
덜 익은
과일입니다.

나는 필 수 없는
꽃입니다

마음에 쌓인
눈을 녹이는
향기를 가지지 못해
나는 필 수 없는
꽃입니다.

하지만
나는 하늘을 날기 위해
열심히 연습하는
어린 새입니다.

— 강민호의 「나는」 전문

　암만해도 크고 건장한 사람보다 병들고 약한 자들이 사물을 더 깊이 바라보는 것 같다. 우리들 삼류시인들과는 달리, 좀 해서 아픈 소리를 내지 않는 것이 이들 장애인 작품의 공통점이다. 육신의 고난 속에서 어쩌면 영혼의 구원을 얻었음일까, 그들의 눈빛이나 웃는 모습은 쇠별꽃 꽃송이에서처럼 희고 맑다.

　15년쯤 흘렀을까. 서귀포 매일시장에 팔과 다리가 하나도 없는 사람이 있었다. 그는 바닥에 엎디어 하루 종일 흘러간 노래를 불렀다. 사람들이 지나가면서 그 앞에 놓여있는 쪼그만 플라스틱 그릇에 백 원짜리 동전을 던져주곤 했다. 나도 남들처럼 별 생각 없이 천 원짜리 지폐 한 장을 몇 안 되는 동전 밑에 깔았다. 웬일일까, 그 후부터는 높은 탑의 교회나 웅장한 사원들을 볼 때마다 자꾸만 그 장애인 모습이 떠오른다.

그렇다, 그분이 바로 하느님이시고 부처님이셨구나. 신은 결코 웅장한 신전이나 교회에 있는 것이 아니라 낮고 어둡고 습한 곳에 계시다! 신은 그 장애인의 모습으로 이 지상에 내려와 심신이 가난한 자들에게 "내 사랑하는 사람들아, 내 모습을 보고 너희도 삶의 용기를 잃지 마라."고 속삭이고 계신 거다. 한참 만에야 그런 생각을 하고 서귀포 매일시장을 찾았다. 그러나 그분은 거기 안 계셨다. 그때 그분의 눈높이로 같이 엎디어 정성껏 돈을 드리지 못한 것이 무슨 죄를 지은 것 같다는 생각을 지금도 하고 있다.

TV에서 불우이웃돕기 성금 기탁자들 중에 가끔 익명의 선행들을 본다. 그들은 그 선행으로 하여금 이 세상의 모든 사람들을 선하게 보이게 한다. 그 익명 속에는 나처럼 불우이웃돕기 한 번 못해본 사람도 포함돼 있어서 더욱 그렇다. 우리나라 4천7백만 인구가 그분처럼 일일일선一日一善, 즉 하루에 한 가지씩만 착한 일을 행한다면, 하루에 4천7백만 선행의 꽃송이가 이 땅에 피어날 것이라는 사실에 놀란다. 우리―'우리'라는 말 속에는 나도 포함돼 있다―는 그런 곳에는 전혀 신경을 쓰지 않고 악착같이 돈 벌어서 저 혼자 잘 먹고 잘 살려고만 한다. 그런데 묘하게도 이 땅의 돈 있는 사람들 중에는 행복한 사람보다 불행한 사람들이 더 많은 것 같다.

없어서 고민이나 있어서 고민이나 그 고민의 질량은 동일하다. 사실상 주는 기쁨이 받는 기쁨보다 열 배 더하다는 사실은 조건 없이 주어본 사람만이 안다. 그것은 있는 자들보다 없는 자가, 잘 배운 자들보다 못 배운 자들이, 높은 데 있는 자들보다 낮은 데 있는 자들이 그러한 기쁨을 더 많이 향유한다. 그리고 그들은 하루에 한 번 이상은 반드시 노동으로 땀을 흘린다.

그러나 우리는 먹지 못해 한이라도 맺힌 사람들처럼 기를 쓰고 먹고 마시면서 몸에 잔뜩 기름기를 축적해놓고 돌아와 다시 그 살을 빼는데 별의별 방법을 다 찾는다. 그렇게 살다가 그렇게 늙으면서 그렇게 죽어가는 것이 인생사인지 모른다. 박약한 정신주의자가 물질의 편리함에 맛을 들였을 때, 그들의 문명적 향유는 자칫 광적일 수 있다는 점에서 "혹시 우리가……"하고 이 광적인 세태 앞에 경악한다.

저 혼자만 살겠다고 제초제를 뿌리듯 세상을 살면 주변이 시들시들 죽어갈 것이고, 평소에 거름과 영양제를 뿌린다는 마음가짐으로 세상을 살면 주변 초목들이 파릇파릇 같이 번성해 갈 것이다. 생각이 이곳까지 이어질 때면 엄동설한에도 기죽지 않고 열심히 꽃을 준비하는 쇠별꽃이 떠오른다. 설을 며칠 앞둔 요즘 가슴에 사랑의 빨간 열매를 단 사람들이 그래서 더욱 아름답다.

내 작은 봄의 전령사

1970년대 시인 황지우의 「새들도 세상을 뜨는구나」라는 시는 당시 독자들로부터 사랑을 받았다. 그때만 해도 극장에선 본영화 상영을 앞두고 반드시 애국가가 울려 퍼졌다. 관객은 일제히 일어나 부동자세를 취한다. 나라 사랑의 마음을 가다듬도록 한 누군가의 지시에 의한 것이었으리라. 이때 스크린 상에는 하얀 고니 떼가 물가를 박차며 일제히 비상하는 장면이 뜬다. 그러한 장면을 보고 있음직한 이 시에는 나라 사랑이라는 취지보다 오히려 독제정권에 대한 비아냥이 짙게 깔려있다.

황지우가 노래한 이 새들은 멀리 시베리아 쪽으로 날아왔다가 봄이 가까워지면 다시 떼를 지어 북쪽으로 날아가는 거물급(?)철새들이어서 그 행동반경만 해도 수천 킬로에 달한다. 그런데 이곳 제주도에는, 한여름 산속에서 지내다가 날이 추워지면서 따뜻한 마을로 내려와 인가를 기웃거리는 새가 있다. 그 새는 몸집도 작고 날개가 작아서인지 행동반경은 고작 수 킬로에 불과하다. 이 쪼그만 몸집의 흑회색 굴뚝새는 초가 추녀 밑이나 돌담구멍을 후비고 다니면서 가끔 "짹짹, 짹짹"하며 대쪽 쪼개는 소리로 자기의 행적을 알린다.

굴뚝새가 많았던 내 고향, 4십여 년 전 나의 누나는 해녀였다. 당시 젊은 해녀들은 여름 한 철 경상남북도 해안지방이나 도서지방 원정에서 물질을 하고 돌아오곤 했다. 6개월 정도 육지에 갔다 오면 우선 누나의 말씨에는 "온나" 또는 "하이소" 등등의 경상도 어투가 섞인다.

육지에서 돌아온 후 한참 동안은 동네 누나 또래의 친구들이 집에 자주 찾아오곤 했다. 그 이유가 바로 육지의 문화를 귀동냥하고 특히 육지에 유행하던, 요즘 말로 대중가요를 배우기 위함이었다.

이들 동네 누나들은 '호야' 밑에 둘러앉아 종이쪽지에 유행가 가사를 나누어 적고 누나가 선창하면 뒤따라 부르면서 노래를 익혔다. 그것이 당시 제주농촌 모든 누님들의 초상이며 이러한 문화의 통로에서 그녀들은 육지와 유행가를 배웠다. 당시 초등학교 2학년 정도인 나도 누나들 어깨너머로 "울고 왔다 울고 가는 설운 사정을……"하는 황금심의 <알뜰한 당신>의 노래를 배웠다. 내가 배운 최초의 유행가였고, 그 아련한 8밀리 흑백필

름은 아직도 내 기억의 영상을 비춘다. 이제 그 누님들은 하나같이 칠순을 바라보신다. 그토록 정이 많은 우리 누님이 혹시라도 이 글을 따로 읽으신다면 혼자서 우실까 웃으실까.

흘러간 것은 마땅히 그리워지기 마련이고 멀리서는 다 아름답게 보이는 법. 지금에 비한다면 누추하기 이를 데 없는 삶의 모습들이지만 왜 나이가 들수록 과거 속에서 마음의 안식처를 더듬게 되는 것일까.

산다는 것, '사람처럼 사는 것'과 '사람답게 사는 것'의 차이는 무엇일까. 물론 '처럼'과 '답게'의 사전적 의미는 같다. 그러나 그 뉘앙스는 많이 다르다. '사람처럼' 사는 것은 편리함의 추구이고, '사람답게' 사는 것은 '인성'의 추구이다. '편리함'은 육체적 욕구이고, '인성'은 정신적 욕구이다. 현대인들은 이 '사람처럼'과 '사람답게'의 확실한 구분도 없이 마구잡이로 살아온 것 같다.

이 암울하고 추운 겨울에 어김없이 '신구간' 즉 이사철이 찾아왔다. 제주속담에 "곡식단과 도둑놈은 묶어놓으면 닮는다."고 했듯이, 어제 산 물건이라도 이삿짐 트럭에만 실어놓으면 중고처럼 초라해 보인다. 이삿짐을 여러 차례 싸봤던 사람들은 해마다 불어나는 살림살이의 부피를 헤아릴 줄도 알고, 필요한 것과 불필요한 것을 구분할 줄 안다. 하나의 가재도구를 소유하려면 집

안의 한 공간을 그만큼 빼앗긴다는 것도 안다. 그럼에도 불구하고 이들 서민들은 손때 묻은 가재도구들을 좀처럼 버리지 않으려 한다. 정에 약한 탓도 있지만, 그 물건을 소유하지 않으면 현대사회에 발맞춰 살 수 없다는 시대낙오적 우려 때문이다.

우리는 이처럼 그 빌어먹을 '현대인'의 대열에 끼기 위해 밤낮없이 몸 고생 마음고생 하며 산다. 남들이 가지면 나도 가져야 하고 남들이 누리면 나도 누려야 한다. 그것이 흔히 이야기하는 '사람처럼' 사는 모습인 것이다. 그러면서 우리는 육체적 편리함에 길들대로 길들여져 버렸다. 달리 보면 편리함에도 분명히 중독이라는 속성이 있다. 이 중독성 때문에 오로지 돈 돈하면서 양심과 영혼까지 까맣게 죽여버리는 부정과 타협의 양잿물도 서슴없이 마시려든다.

세태가 그래서 그런지 어느 유명한 스님 한 분은 한적한 절간에 앉아서 '무소유론'을 편다. 사람들은 그 책을 읽으면서 맹목적이든 뭐든 "옳거니!" 하고 무릎을 친다. 헌데, 그분에겐 좀 미안한 이야기지만 그 스님도 남들처럼 애새끼 여럿 낳고 이 살벌한 세상 속에서 피 터지게 살고 있다면, 아마 그 무소유론을 "취소! 취소!"라고 해도 여러 번 했을 것이다. 우리 사천칠백만 국민이 그분처럼 강 건너 불구경 할 입장이 아니지 않는가.

어쨌거나 지금은 굴뚝새의 계절, 해마다 이 골목 저 골목 이삿짐 싸들고 기웃대는 사람들의 모습을 닮은 새, 살아남기 위해 이 눈치 저 눈치 살펴야 하는 도시 서민들의 눈빛을 지닌 새, 지금쯤 이 초라한 텃새는 농산물 가격폭락으로 시름 앓는 내 고향 농부들의 새벽녘 한숨소리를 엿듣고 있을지 모른다.

그나마 굴뚝새는 봄의 전령사이다. 설날이 지나고 입춘이 다가오면 농부들의 오감은 이미 봄을 향해 열려있다. 진짜 농군들은 굴뚝새 울음만 듣고도 계절의 변화를 감지해낸다. "쩍쩍 쩍쩍" 아주 가까운 곳에서 굴뚝새 소리가 들리는 것 같은 겨울 새벽이다.

(2001. 2)

상록수의 낙엽

　바위도 등이 가려워 투구를 벗을 것만 같은, 비로소 꽃피고 새 우는 사월입니다. 개나리, 유채꽃, 벚꽃이 무더기로 피어서 요즘은 간 곳마다 집단 꽃시위로 넘쳐나고 있습니다. 이때쯤이면 겨우내 검붉게 피었던 토종동백의 개화가 종료기이기도 합니다. 봄비 오는 아스팔트에 떨어져 뒹구는 동백꽃송이가 문득문득 길 가는 사람을 불러 세웁니다.

　　사람도 임종(臨終)때면
　　저만한 마음일까

　　꽃 피고 꽃 피는 일
　　아, 섬을 덮는 파도소리

　　떨어져 더 진한 송이

뜰을 쓸지 못하네

– 나의 시 「동백꽃」

　아주 오래 전에 썼던 <동백꽃>이란 제목의 시입니다만, 토종
동백은 암만해도 피었을 때보다 떨어진 다음에야 우리에게 더
많은 이야기를 전하는 것 같습니다.

　사월이면 꽃보다 더 고운 싹들도 다투어 돋아납니다. 이처럼 꽃
이든 싹이든 하나의 형상으로 눈앞에 나타날 때까지, 저들은 그
캄캄한 땅속에서 벌써부터 봄을 준비했다는 사실이 경이롭습니
다. 그래서 이 봄날 우리의 갈채와 찬사는, 저 꽃들과 싹을 향한 것
이라기보다 오히려 이 순간의 발아發芽를 위해 끊임없이 준비해
온 저들의 숨은 역사役事와 인고 앞에 보내지는 것인지 모릅니다.

　한편 봄이라는 계절은 용서와 관용이 없습니다. 죽은 자와 산
자, 가짜와 진짜를 확연하게 갈라 세우는 특권이 거기 있습니다.
살아있는 것들에게는 축복의 입김을 넣는가 하면, 죽어있는 것
들에는 오히려 그 부패腐敗와 종말을 재촉합니다. 더구나 생존 가
능성이 희박한 것들에 대해서는 가차 없이 고사枯死의 사약을 내
리는 것이 봄의 잔인성이기도 합니다.

　가을은 감나무나 은행나무 등의 낙엽절차에서 그 전모를 만천
하에 다 드러내는 순진함과 투명성이 있습니다. 그런데도 봄은
화려한 싹들과 꽃잔치로 선심을 베풀면서 한편으로는 조용히 동

백나무나 귤나무 등을 불러다놓고 아주 비공개적으로 낙엽을 강요하는 이중성이 있습니다. 바로 상록수의 낙엽시기가 봄이라는 것입니다. 이와 같이 4월의 두 얼굴이 "봄! 봄!"을 외치면서 서둘러 외투를 벗어던졌던 우리의 어깨를 다시 움츠리게 합니다.

이 시대 대부분 포커스는 신세대나 젊은 층에 맞춰지면서 중·장년 사람들의 말수가 줄어들고 말았습니다. 사람의 평균수명이 연장되는 것에 반해 산업현장에서 물러나는 사람의 나이는 갈수록 단축되는 아이러니를 어떻게 받아들여야 할지 모르겠습니다. 최근 직장에서 물러나는 중·장년 층은 대부분 그 분야에서 저마다 일가견을 이루고 있다고 봐야 할 것입니다. 그 원숙함과 노련함이 사회의 안전판 역할을 해왔다고 봤을 때, 그들이 너무 빨리 사회중심에서 물러나게 하는 시대적 분위기가 우리를 쓸쓸하게 합니다.

귤나무 잎사귀도 녹화綠化 직후 생리활동이 활발한 시점에서는, 자기가 생산한 양분을 주로 자기 내부에 축적하면서 내년을 준비합니다. 귤나무 잎도 발생 1년 정도 지나서야 생산된 양분이 열매나 뿌리 등 다른 조직으로 보내지면서 전체 생산성을 돕는 것으로 알고 있습니다. 그것은 중년의 나이가 돼서야 어느 정도 자기중심적 삶에서 벗어나 주변을 헤아리게 되는 사람들의 모습과도 많이 닮아있습니다.

어느 봄날 잠시 꽃그늘에 쉬다가 우연히 응달 한쪽에서 조용히 치러지는 동백나무의 낙엽현장을 보았습니다. 문득 정년단축이니 구조조정이니 하는 이유로 쓸쓸히 일자리를 떠나는 주변사람들의 모습을 떠올리며 몇 자 적었습니다.

(2001. 4)

염색시대

개민들레는 유난히 햇빛을 좋아한다. 날씨가 약간만 흐려도 꽃송이를 오므렸다가 햇빛이 반짝하면 금새 얼굴을 편다. 그래서 해바라기보다 더 민감하게 권좌의 눈치를 살피는 것이 개민들레족이다. 붙임성과 적응성 그리고 번식력이 대단해서 강산성 토양이나 척박한 지대를 가리지 않고 해가 비치는 곳이면 어디든 뿌리를 내린다.

우리 땅에 밀입국하듯 들어와 영주권도 제대로 얻지 못한 개민들레가 어느새 중산간 전체 초원을 노랗게 물들이고 있다. 이와 비슷한 시기에 일본의 다나카 축구 선수가 머리에 노랑물을 들이자, 우리 유상철 선수도 따라서 물을 들였다. 덩달아 우리 젊은 초목들도 너도나도 머리에 노랑물을 들였다. 그 속도는 개민들레의 번식보다 빨랐다. 젊은이로부터 시작해서 40대 주부님들에 이르기까지 요즘 이 땅에선 노랑머리하지 않으면 차라리 '간첩'이다.

정신문화의 삼투압 현상이라 해야 할지 또는 문화의 인해전술이라 해야 할지 어쩜 머리염색약 제조회사만 살판난 셈이다.

우리가 한번 양치했던 물을 완전히 정화시키려면 최소한 8드럼의 물이 필요하다고 한다. 머리염색약이 독하다는 것은 누구나 다 아는 사실이다. 따라서 머리염색으로 인한 수질오염은 누구이 설명하지 않아도 된다. 며칠 전 동강개발 여부를 조사하던 어느 환경단체 회원들이 그곳 주민들에 의해 감금됐던 사건이 있었다. 그런데 그중 TV 화면에 비친 환경단체의 젊은 여성도 머리에 노랑물을 들이고 있었다. 우리나라 국민의 물 사용량이 세계적으로 손꼽힌다는 것이 그냥 생겨난 수치數値가 아니다. 이처럼 환경보호를 외치는 사람들이나 좀 배웠다는 사람들조차도 노랑머리 염색에는 전혀 반론이 없다.

그뿐만이 아니다. 유행에 추종하는 사람들일수록 '개성'이라는 말을 쉽게 한다. 그러나 진정한 개성은 요즘 유행의 반대편에서서 우리에게 야유를 보내고 있다는 사실을 그들은 모른다. 한 대상이나 인격체를 사랑하는 것보다 '사랑'이라는 분위기 자체를 더 사랑하는 것처럼, 노랑머리가 좋아서 노랑물을 들이는 것이 아니라 유행 그 자체를 물들이고 있다고 해야 옳을 것이다. 그런 걸로 보면 5·16직후 장발족을 무조건 잡아다가 삭발 조치했던 것과 마찬가지로, 유행도 억압이나 폭력의 차원에서 우리를 거리에서 거리로 몰아세운다.

이처럼 맹목적 다수결의 논리가 인기와 유행과 여론을 이끌어 내려는 방법에 이용되면서 4분의 3인 오류가 4분의 1의 진실을 덮는다. 그래도 4분의 1의 진실 또는 진리는 변함없이 유지되는 데 반해, 4분의 3의 오류는 그 수명이 짧아서 그 형태가 자주 바뀐다. 유행의 역사와 정치의 역사도 이와 맥을 같이한다.

비 오는 날은 세상이 온통 비 날씨처럼 생각되고, 유채밭 한가운데 서면 세상천지가 온통 노란 것으로 착각하게 된다. 그러나 맑은 하늘이 더 많고 노랑머리가 아닌 사람들이 더 많다. 개민들레가 세상을 온통 집어삼킬 것 같아도 토종민들레가 우리 땅에 더 오래 살아남을 것이고 노랑물 시대가 오래 갈 것 같지만 머지않아 그도 시들해질 것이라는 것을 안다. 두발 형태가 길어졌다 짧았다 하고, 노랗다가 붉었다가 해도 역시 오래 두고 보면 검은 머리가 많고 늘어 흰머리가 많다.

세월이라는 강줄기의 오염된 수질을 정화시켜주면서 가짜와 진짜를 구별해내는 시간의 힘은 참으로 위대하다. 그 시간이 이제 우리 곁으로 다가와 금발은 푸른 눈이나 노란 눈동자에 어울리는 것이고 까만 눈동자는 결국 까만 머릿결이 더 조화롭다는

것을 말해주고 있다. 문득 "사람은 미쳐서 살다가 깨어나서 죽는
다."는 세르반테스의 한마디가 떠오르는 계절이다.

(2001. 6)

두가시 한라봉

서귀포에서 감귤농사를 짓고 있는 김영숙 시인이 이웃 한 사람을 소개한단다. <두가시한라봉>이라는 상표를 달고 1천5백 평의 하우스에 유기농 한라봉을 재배하고 있는 농가라 했다. 한라봉 품종에다 '두가시'라는 접두사를 갖다 붙일 수 있을 정도의 언어감각 소지라면 한번 만나볼 만하지 않은가.

감귤산지 중심인 서귀포시 토평동에서 태어나 남편 군대경력 말고는 줄곧 이곳에서만 거주하고 있다는 사십 대 중반의 오충근 현순실 씨 두가시(부부), 아니나 다를까 그들 부부 역시 꾸밈없는 차림새에다 약간 고집스러우면서도 터프한, 전국 농촌 어디에서나 공통적으로 느낄 수 있는 친환경 농가 특유의 인상을 풍긴다.

15년 전, 친환경 농업의 꿈을 안고 결혼식을 올린 이들은 그 첫해 5백 평의 하우스에 무를 심었다. 그 무가 얼마나 실했던지 크기 절반 정도가 컨테이너 상자 밖으로 나올 정도였다. 백방으로 친환경 무를 광고한 끝에 두어 곳에서 전화주문이 왔다. 학사 부부가 5층 아파트 계단을, 40킬로 무 컨테이너를 들고 올라가 봐야 고작 3천 원의 매출에 불과했다. 마지못한 밭떼기거래에서조차 중간상인이 20만 원을 제시하고는 그도 인부들 간식대라며 만 원을 깎아내리더라는 얘기, 거기에다 오일시장에 쫓아가 보았더니 개당 3백 원에 팔려간 그 무가 웬 팔순 할머니의 마대식 좌판에서 천 원씩에 팔리고 있더라는 것이다.

오 씨 부부의 경우 감귤의 당도를 높이려 남들보다 수확기를 늦춘다. 그런데 작년(2005년)에는 12월 5일부터 눈이 내려 귤은 나무에 매달린 채 폭설에 묻히고 말았다. 이미 주문을 받아 입금 처리가 끝난 상태의 일이라 별 수 없이 일일이 전화 연락하며 환불 조치 할 수밖에 없었다. 그러나 광주의 한 분을 비롯해서 몇몇 단골 고객은, 되레 폭설 피해복구에 사용하라며 재환불을 해왔더란다.

친환경농산물을 소비하는 사람들에게는 주로 두 가지의 유형이 있다. 몸에 좋다는 것이라면 종류와 가격을 따지지 않고 닥치는 대로 섭취하는 개인주의형이 있다. 그런데 아이러니컬하게도 "웰빙! 웰빙!" 외치며 건강에 좋다는 음식을 찾는 사람 대부분이 남모르는 속병 하나는 지니고 있다는 사실, 그 반대쪽에 아주 적은 수이지만 친환경농산물을 골라 구입하는 또 다른 유형의 이들이 있다. 그들이야말로 자기 자신이나 가족건강이 중요한 것만큼 우리의 농촌 환경 또는 자연환경을 걱정하는 사람들이다. 또한 친환경농산물을 소비해줌으로써 우선 미래의 산업인 친환경 농업육성을 생각하는 사람들이며 농민들이 앞서서 자연보호에 기여토록 하는 박애주의형 그들이다.

아마도 고대 원시인들은 야생식물을 채집해 먹고 그 씨앗을 쓰레기 더미에 버렸을 것이다. 그 씨앗이 움트고 자라서 그 옆 다른 종류와의 이종교배異種交配가 이뤄졌을 것이고 그런 현상이 수없이 반복되면서 마침내 제 삼의 종류가 탄생됐으리라. '한라봉'이라는 상표를 달고 이미 소비자 곁으로 다가선 이 품종도 오랜 세월동안 수도 없이 반복돼 온 감귤육종연구의 대표적 결과물이다. 기존 품종에 비해 월등히 높은 감미비甘味比에다 빼어난 과즙과 향기가 사람을 매혹시킨다. 거기에다 혀뿌리로 감겨드는 과육의 부드러움이야말로 과일계의 왕자라 자청하는 미국의 오렌지보다 한 단계 높은 품격을 유지하고도 남는다. 그러나 고품격 품종일수록 그 재배기술 또한 만만치가 않다. 거기에다 이 품종을 친환경 농법으로 재배하기에는 그 어려움이 겹겹을 이룬다.

오 씨는 요즘 계분鷄糞과 돈분豚糞은 항생제가 투입된 사료를 먹고 배설한 것들이어서, 이를 거름으로 사용했을 경우 소비자들 건강에 더욱 나쁜 영향을 미칠 것을 우려한다. 그래서 도내 매일시장을 돌며 유채박을 구입, 그것을 한라봉 하우스에 뿌려왔다고 했다. 어렵사리 생산과정은 통과했지만, 수확철이 다가오면 판로 걱정에 두가시의 피가 바짝바짝 마른단다. 하우스 한쪽에 제주수선화를 별도 재배해서 단골 고객에게 귤상자에 한 포기씩 함께 보내는 등의 세심함을 보였던 오씨. "저는 15년간 제초제를 한 번도 사용하지 않았습니다.", "7년 동안 살충제를 한 번도 뿌리지 않았습니다.", "무농약 무비료라 해서 일정한 맛이나 당도를 유지하는 것은 아닙니다." 등은 물론, 한 해 동안 관리이력서를 귤상자에 첨부하면서까지 소비자들을 이해시켜왔단다. 그처럼 노력했어도 네 식구의 기초생활비조차 어렵더란다.

시종 담담한 오 씨의 이야기를 들으면서, 우리가 툭하면 꺼내 바르는 '진실'이니 '최선'이라는 말장난 같은 언어의 실체가 어떤 것인가를 떠올려본다. 혹시 다른 친환경 농가들도 같은 형편이냐고 물었다. 그러자 오씨는 "다른 사람일 경우는 내가 이야기할 바 아니다, 가서 직접 물어보라"고 말을 자른다.

육이오 전쟁 후, 우리나라 모든 농사기술의 포커스는 오로지 다수확에 맞춰져 있었다. 다수확을 위해서라면 누가 뭐래도 화학비료와 살충제가 남용될 수밖에 없다. 60년이 지난 지금에도 그 기술체계의 뼈대는 그대로 살아남아 있다. 지난 해 생산한 친환경 쌀조차도 절반 정도 쌓여 있다는 보도를 보면서, 외국 어느 농업관련 연례보고서의 "현재 농업기술은 더 이상 지속될 수 없다."는 글줄이 떠올랐다.

가엾게도 우리나라 농민과 농토 환경은 그 다수확 고지를 점령하기 위해 이미 지칠 대로 지쳐있고 늙고 병들어 있다. 이 상황을 보다 못한 젊은이들이 친환경의 깃발을 들고 분연히 일어선 것은 당연한 결과이리라. 그러나 관행 농업기술의 초점이 다수확이라는 <결과>에 맞춰져 있는데 비해, 유기농이니 친환경이니 자연농이니 하는 친환경농업의 중심초점은 '무농약', '무화학비료', '수작업' 등의 <과정>에 맞춰져 있다. 그 하나하나의 난제를 거치며 목표에 도달하기에는 너무 오랜 시간과 아픔이 따른다.

농업도 하나의 직업이라 한다면 농사일도 정녕 살기 위한 노릇이다. 경제적 수지타산도 그렇지만, 육체적 노동이 친환경 농업은 관행농법에 비해 수작업이 두 배 정도 소요된다. 생산에서 유통에 이르기까지 어느 한 곳 한시 비어있는 틈이 없다며 오 씨는 결국 15년 친환경농업을 접을 계획이란다. 부인 현 씨도 다른 일자리를 마련해서 한 달째 출근하고 있다.

이 나라 정치인이나 관료나 학자들까지, 우리 농업의 대안은 하나같이 친환경이니 경쟁력이니 하며 마치 저희가 창안해낸 묘안인 것처럼 떠든다. 그러다가도 농촌 젊은이들이 겪는 세세한 아픔에 대해서는 애써 눈길을 돌려버린다. 오 씨 말대로라면, 현재 우리나라 사회구조나 분위기로 봤을 때 친환경 농업의 전망 시계視界는 '제로'에 가깝다는 생각을 떨쳐버릴 수 없다.

이야기를 마치고 일어서려는데 부인 현 씨가 냉장고에서 검정 비닐봉지 하나를 꺼내온다. 친환경 농법으로 재배한 끝물 한라봉이란다. "한라봉은 냉장고에 뒀다 먹어야 제 맛이거든요" 15년간 친환경 농산물 판로 과정에서 몸에 배어버린 한라봉 홍보 습관 같다. 처음부터 꼼짝 않고 어른들의 대화를 듣던 초등학교 1학년 현준이가 "아저씨 안녕히 가세요." 사내답게 인사를 한다.

돌아와 책상머리에서 갖고 온 비닐봉지의 친환경 열매 하나를 꺼냈다. 대화 중 오 씨의 이마에 맺혔던 땀방울처럼 '두가시한라봉' 마지막 열매에도 펄펄 땀이 솟고 있었다.

(2006. 9)

서울 시인에게 띄우는 글

— H 시인께

오랜만에 창밖 빗소리를 듣습니다. 오월이 가고 이제 내 생각의 숲에도 우기가 다가오나 싶습니다. 나이 탓인지 아니면 몇 번의 육체적 고통을 겪었던 때문인지, 저기압의 일기예보 때마다 아침에 일으키는 몸의 무게가 전과 같지 않습니다.

흙에서 손을 뗀 지 1년이 지났습니다. 당시에 자연과 교감했던 일들이 그리워집니다. 유난히 별이 가깝게 보이던 과수원 밤하늘, 초여름 전원에 넘쳐나던 귤 향기가 그립습니다. 이맘때 밤이 새는 줄 모르고 엎디어 원고지와 씨름했던 과원의 밤이며, 습기찬 허공에 가느다란 선을 그으며 같이 밤을 새던 피리새의 울음소리며, 지표를 보라색으로 물들이던 꿀풀꽃 송이송이가 그립습니다. 그리고 촉촉한 땅에서 부드럽게 뽑혀 나오던 초여름 잡초들 감촉이 그립습니다. 그처럼 내 생의 중심과 문학의 씨앗이 한창 자랐던 전원생활에 지금도 미련이 남아서 힐끗힐끗 농촌 들녘으로 시선이 갑니다.

만사의 기본원리가 농사일에 숨겨져 있다는 것을, 농토를 떠나와서야 깨닫게 됩니다. 그러나 우리나라 농·어업이 갈수록 어려워지고 있다는 점에서 우려되는 바가 적지 않습니다. 그것은 단순히 농촌경제의 붕괴라는 문제도 문제겠지만, 1차 산업 붕괴가 곧바로 도시문제와 직결되고 더 나아가 국가문제로 이어지면서 결국 우리 국민정서의 뿌리가 고사되고 있다는 데 더 큰 문제가 있습니다.

따지고 보면, 이 나라에 농어촌과 관련되지 않는 사람이 몇이나 있겠습니까. 나이 든 사람들의 인사말에 맨 먼저 고향을 묻는 것만 봐도, 아직도 이 땅에는 정신적 실향민이 많다는 것을 짐작할 수 있습니다. 지금 이렇게 고향이 늙고 병들어가고 있습니다. 환경도 마찬가지입니다. 도회지 사람들에게 있어서 농촌문제는 강 건너 불일지도 모릅니다. 그러나 우리는 여기에서 잠시 생각의 덩어리를 크게 가져볼 필요가 있습니다. 그래야만 도시와 농촌의 관계가 결코 분리돼선 안 된다는 것을 확인할 수 있기 때문입니다.

툭 하면 농민들도 생각을 바꿔야 한다고 말합니다. 그러나 이 나라 농민들은 수십, 수백 년 농토에 몸을 묻고 살아온 삶의 방식이 있습니다. 갑자기 바뀌어버린 산업사회구조에 쉽게 적응이 안 되는 문제가 한두 가지가 아닙니다. 따라서 자연과 어울려 살아오던 농촌사람들 특유의 자기보호본능을 먼저 인정한 후에 사고의 전환을 요구해야 할 것입니다.

붕괴되는 것은 농·어업만이 아닌 것 같습니다. 얼마 전 TV 심야프로에서 무너진 교육현장을 가슴 아프게 봤습니다. 농촌과 마찬가지로, 이 나라에 교육과 관련되지 않는 사람이 없습니다. 교육도 농사법과 연관시켜 생각할 때, 지금 같은 현상이 올 것이라는 것은 교육에 문외한인 저도 짐작하고도 남습니다.

농사가 농토에 잡초를 키우는 일이 아닌 것처럼, 교육도 사회의 잡초를 키우기 위한 사업이 아닐 것입니다. 또 한 가지, 환경오염이 자동차매연이나 오폐수 방류 차원으로만 생각하는 저능아적 사고의 단순성이 우리의 미래를 더욱 어둡게 합니다. 그 환경, 그 제도라는 썩은 물에 손을 담그고 살아가는 우리로서는 누구 하나 환경문제 교육문제에 자유로울 수 없습니다.

문학관계로 써야 할 원고가 엉뚱한 방향으로 흐르고 있습니다. 우리의 경우는 글을 읽는 입장이면서 써야 하는 입장에 있습니다. 창작에 있어서 가장 어려운 것은 내가 쓴 글 앞에 내가 냉정해질 수 없다는 점입니다. 그것은 글 쓴 지 30년 가까이 느끼는 변함없는 어려움입니다. 이제 가급적이면 문학 쪽 이야기는 하지 않고 살아보려 합니다만, 이 역시 농사에 대한 미련처럼 자꾸만 시선이 가는 것을 어쩌지 못합니다.

지난 1970~80년대 시인들의 치열함이 다 어디로 갔는지 모르겠습니다. 당시 불타오르던 저항정신은 지금쯤 어느 술집에서 흐느적거리고 있는지, 군사정권에서 문민정부, 국민정부로 바뀌었다고 해서 이젠 그 흔한 술 타령 사랑 타령이나 해야 하는 건지……, 굳이 1970~80년대에 창궐했던 민중문학이나 참여문학 부활론을 재기하려는 것이 아닙니다. 다만 시대적 고민거리의 핵심을 꺼내주는 역할을 바로 문학이 맡아야 한다는 점입니다. 그래서 가끔씩 "어느 하늘을 향해 무릎을 꿇을 것이냐" 하고 탄식하던 윤동주 시인이 그립습니다.

저의 사무실 뒤에 자그마한 공원이 있습니다. 비교적 오래된 소나무와 아카시아 숲 그리고 나무벤치와 알맞은 층수의 계단이 있어서 산책하기에 좋습니다. 거기엔 까치 몇 마리와 귀에 익지 않은 소리로 우는 새들이 서식하고 있습니다. 까치 녀석은 제주로 이사 온 지 10년이 돼서인지 제법 제주 사투리로 인사도 합니다. 가끔 과수원이나 한전 직원들과 실랑이를 벌이기도 하지만, 까치는 역시 한국적 새여서 그나마 친근감이 있습니다. 그러나 새들 중에는 언제부터인가 외국말로 지껄이는 경우도 있습니다.

시대 차인지 세대 차인지 우짖는 새소리조차도 순수 우리 소리가 아닌 것 같습니다.

　새들에게도 세대 차라는 것이 있는지 모르겠습니다. 이제 와 새삼 '보수'니 '진보'니 또는 '세대 차'니 하는 그 자체가 이미 보수적으로 느껴집니다. 다만 이 시대에 고민해야 할 부분이 바로 작은 것들에 대해 매달려 큰 것을 잊고 산다는 점입니다. 인식의 부재랄까, 21세기가 왔으니 모든 것을 바꿔야 한다는 단순한 생각들이 어쩌면 우리를 더 혼란스럽고 경망스럽게 하지 않을까 하는 우려인 것입니다. 특히 시조時調장르에 있어서도 시조 형식의 변화가 시급한 게 아닌, 내용과 표현의 경박성과 그 무책임성을 경계해야 한다는 것이 저의 변함없는 생각입니다.

　공부를 다시 시작한다지요? 그 집요함과 탐구정신이 바로 홍 선생을 지탱해주는 힘이라 생각합니다. 최근에 발표되는 홍 선생의 눈부신 작품도 작품이지만, 꺼질 줄 모르는 그 향학열이 부럽기 그지없습니다. 건강도 썩 좋은 편은 아니라는데 공부만큼 건강도 중요해서, 이 문제 역시 홍 선생은 물론 이 나라 사십 대가 건너야 할 깊이 모를 강폭인 것입니다. 하루에 적어도 3킬로 이상은 걷는 것이 좋다고 합니다. 한국 사람에겐 뭐니 뭐니 해도 쌀이 인삼이고 걷는 게 보약이라시던 어른들의 말씀들을 기억하시리라 믿습니다.

잠 설친 구급차의 빨간 경적소리가 아득해지더니, 부슬부슬 비를 밟으며 새벽이 오는 소리가 창밖에서 들립니다. 따님 인희 양에게도 안부를……

(1999. 9)

공든 탑이 그립습니다

발전에 꾸준히 앞장서고 있는 ≪시조 21≫에서 권두칼럼 청탁을 받았습니다. <권두칼럼>이라면 한마디로 해당 간행물을 대표하는 이념의 표상이며, 우리 시조단을 향한 책임 있는 발언의 장이라고 생각합니다. 그런데 제가 감히 권두칼럼 청탁을 수락하고 말았습니다.

어찌 보면, 우리 시조에 대하여 누구나 한 마디씩은 하고 싶은 말이 있을 겁니다. 그러나 저는 시조 쓰는 사람들에게 하고 싶은 말보다, 차라리 시조를 읽는 독자들에게 듣고 싶은 말이 더 많습니다. 시조 쓰기 30년에 좀처럼 쉽지 않았던 문제, 즉 제가 쓴 작품을 좀처럼 타인의 눈으로 바라볼 수 없는, 일테면 객관성 시각의 결여 때문인지 모릅니다. 그러던 차에 여기,

"우리는 왜 메마른 과거의 뼈를 만지작거리고 있으며, 왜 살아있는 사람들을 퇴색한 옷으로 치장한 가장무도회에 빠져들게 하고 있는가? 태양은 오늘도 빛나고 있다. 들에는 이전보다 더 많은 양들이 놀고 더 많은 아마가 자라고 있다. 새로운 땅에 새로운 사람이 살고 새로운 사상이 넘치고 있다. 이제 우리 자신의 일과 율법과 신앙을 요구하기로 하자."

　　150년 전 미국의 초절주의를 제창한 에머슨의 한 마디, 이 예언적 지성의 풍모가 마치 우리 시조단에 던지는 메시지만 같아 어깨가 움츠러듭니다. 지금 시대변화의 쓰나미가 온갖 터전의 밑바닥을 휩쓸고 있습니다. 이처럼 새로운 시대에 새로운 사람이 살고 새로운 사상이 넘치고 있지만, 우리는 약속이나 한 것처럼, 빤한 원론적 울타리 안에 쭈그리고 앉아 '메마른 과거의 뼈들만 만지작거리'는 수준임을 자각케도 합니다.

　　고서를 통해 수도 없이 들어오던 온고지신溫故知新도 이제 새삼스럽습니다. 하여, 온고溫故는 있되 지신知新은 없는 작금의 안일한 시작 태도를 돌이키게 합니다. 어쩌면 저 역시도 '발등에 불'은 아랑곳하지 않고 '강 건너 불'만을 찬양하는 네로황제의 백성 같다는 자책에 몸 둘 바를 모르겠습니다. 맹자의 여민동락與民同樂이라는 말이 이제 와선 "시조여, 독자와 함께 하라!"는 화살로 제 가슴에 꽂힙니다. 그래서 시조라는 어휘를 장르적 의미로 파악하지 않고, 시대적 의미 또는 역사적 의미로 파악해야 한다는 의미로 새겨놓습니다.

최근에 우리 시조단 젊은 시인들이 시조의 새 장을 열어보려고 무던히 애를 쓰는 모습들이 보입니다. 저들 선구적 깃발 앞에 응원의 박수를 보냅니다. 또한 보내온 저들의 작품 앞에 무릎을 모으고 생각에 잠겨봅니다. 거기에 '기승전결'이라는 낡은 문학이론의 뼈다귀를 갖다 맞춰보면서, '나열'과 '전개'라는 의미, '확대'와 '심화', '꽹과리'와 '쇠북소리'의 다른 점까지 생각하기에 이릅니다. 또한 시조가 자유시와의 다른 점, 더 나아가 산문과 다른 점이 무엇인가를 돌이켜봅니다. 비단을 짜기 위해서는 먼저 누에가 돼야 하는 것처럼, 시를 쓰기 위해서는 먼저 시인이 돼야 한다는 점을 누에라는 미물에게 배웁니다.

아주 오래 전에, 인구에 비해 교회가 많고 모임이 제일 많은 나라가 바로 대한민국이라는 글을 읽었던 적이 있습니다. 그리고 우리 시조단에도 수를 헤아리기조차 어려운 문학상과 모임들이 있다고 들었습니다. 저마다 민족 장르인 시조 부흥과 시인 개인의 역량 및 권익보호에 최선을 다하는 모습들에 감동 먹습니다. 그러다가도 불현듯 "뭉치면 살고, 흩어지면 죽는다."는 어느 정치인의 한 마디를 떠올려봅니다. 그렇다면 저는 이쯤에서 "흩어지면 살고, 뭉치면 죽는" 존재가 예술혼이며 시인이 아닐까 하는 의미로 재해석해보기도 합니다.

이 변방에까지도 시집과 각종 문예지들을 보내주십니다. 그 속에 자리한 귀한 영혼의 피붙이들이 저에게 악수를 건네면서, "공든 탑은 결코 무너지지 않는다!"는 한 마디씩을 간접적으로 곁들여주십니다. "공든 탑!" 참으로 오랜만에 떠올리는 낱말입니다. 시대적 쓰나미가 거세면 거셀수록 더욱 더 찬연한 빛을 발하는 "시조의 공든 탑"……, 묵묵히 그 공든 탑을 쌓는 젊은 시인 한 사람이 유난히 그리워지는 을미년의 새봄입니다.

(2015. 2)

제3부 곡괭이는 무른 땅을 찍지 않는다

그리운 신동엽(申東燁)!

일 년 전 어느 합동출판기념회에서다. 문단경력이 결코 만만 찮은 시인의 시집 약력 난에 수상경력 학위 등이 빠져 있는 것을 보고 그 이유를 물었다. "그런 거 부끄럽잖아요." 그 낮고 짧은 대답 속엔 이미 시대적 아픔이 자리하고 있었다. 차라리 상賞과 학위가 부끄럽다는 자기인식의 표현이야말로 이 시대 지성을 대 신하는 대답일지 모른다. 그래서 좋은 책은 저자의 약력소개가 간결하다. 문학작품집일 경우, 지은이 약력이 장황할수록 그 내 용은 십중팔구 독자에게 실망만 안겨주는 경우를 우리는 얼마든 지 보아왔다.

필자의 문창시절, 순수니 낭만이니 하는 그 촌스런 문학 행보 에다 다짜고짜 뺨을 후려치며 발길을 역사와 현실 쪽으로 돌려 세우는 그 어떤 힘이 있었다. 바로 "철학 종교 詩는 궁극에 가서 하나가 될 것이라는 예언적 발언에다 「껍데기는 가라」던 신동엽의 시혼詩魂이었다.

> 껍데기는 가라
> 사월도 알맹이만 남고
> 껍데기는 가라
>
> 東學年 곰나루의, 그 아우성만 살고
> 껍데기는 가라
>
> 그리하여, 다시
> 껍데기는 가라
> 이곳에선, 두 가슴과 그곳까지 내논
> 아사달 아사녀가
> 中立의 초례청 앞에 서서
> 부끄럼 빛내며
> 맞절할지니
>
> 껍데기는 가라
> 漢拏에서 백두까지
> 향그런 흙가슴만 남고
> 그 모오든 쇠붙이는 가라.
>
> — 신동엽, 「껍데기는 가라」

그리고 서른아홉의 아까운 나이에 신동엽은 총총 우리 곁을 떠났다. 그가 간 지 삼십 년이 훨씬 넘은 지금, 우리는 또 다른 형태의 껍데기를 만난다. 이름하여 '돈'과 '간판'과 '권력'의 삼총사이다. 시대가 변해도 이 삼총사는 어떤 형태로든 악연의 피를 나누면서 동일한 위력으로 우리를 억압하고 다그친다. 그러나 신동엽의 시혼은 한 시대를 관류하면서 지금도 쇠붙이(껍데기)에 대한 항거의 깃발로 우리들 가슴 속에 살아 펄럭인다.

우리가 지구온난화 운운하면서 "더워! 더워!"를 반복하는 사이, 주변 초목들은 어느새 가을의 한복판에 와 있다. 감귤농가들도 이쯤이면 열매솎기나 병충해 방제에 마지막 손길을 쏟는다. 이때, 농사에도 생각이 보수적인 사람은 열매의 맛보다 껍질에 더 신경을 쓴다. 그래서 무슨 병에 무슨 농약을 뿌리고 무슨 비료를 줄 것인가 하며 껍질 곱게 만드는 것을 으뜸 농사기술로 친다. 사람이 섭취할 것은 내용물이지만 껍데기 치장에 더 많은 자본을 투자한다. 병원에도 얼굴 뜯어고쳐주는 성형외과 쪽에 문전성시를 이룬다는 것만 봐도 껍데기를 숭상하는 세태의 흐름이 이미 올 데까지 와 있음을 짐작할 수 있다.

생의 여정을 결론적 입장에서 바라본다는 것은 슬픈 일이다. 과정의 지엽枝葉은 무성한데, 추수의 알맹이가 빈약하기 이를 데 없는 세상 분위기로 봤을 때 더욱 그렇다. 따라서 '짝퉁'이라는 신조어가 보편화된 지금, 허위학력이나 가짜학위가 결코 새삼스러운 문제가 아니다. 오히려 진짜 학력과 일류학위소지자들에 의해 움직여지는 사회 표층구조가 날이 갈수록 가짜처럼 보이는 것이 더 큰 문제다. 뭔가 '헛것'을 봐도 단단히 본 사람들처럼 "돌격 앞으로!, 돌격 앞으로!" 성공이라는 유령의 탑을 향해 너나없이 사력을 다해 뛴다. 그럼에도 불구하고 그 이유를 아는 사람은 흔치 않다. <목표>는 있으되 <목적>이 없는 시대의 맹점, 바로 그 때문이다.

나쁜 짓 하고 TV에 오르내리는 사람들을 보면 다분히 남들보다 높은 자리에 있었고, 잘 배우고 호의호식하던 사람들이다. 예나 지금이나 돈과 권력의 종착점엔 자칫 불명예의 낙인이 뒤따른다는 것을 우리는 지겹도록 보고 또 들어왔다. 이처럼 목적 없이 이어지는 돈과 간판과 권력의 평면구도는 결국 그 테두리를 넘지 못한 상태에서 제2, 제3의 허세들과 결탁하기에 이른다. 그래서일까, 현대인은 그 부모보다 시대를 닮는단다. 그리고 신동엽은 탄식한다. "옛날 사람들은 주어主語가 인생이었지만, 요새 사람들의 주어는 보석(돈)이다. 인생은 다만 수식어修飾語일 따름이다."라고. 그래서 그가 그립다. 제발, 제발 껍데기는 가라!

(2007. 8)

전원에세이 손!

시인이 죽은 사회

    노천 주차장에 세워둔 자동차 유리에 빨간 잎 하나 떨어져 있다. 한여름 땡볕과 비바람을 견디며 모체의 양분 축적을 위해 제 할 일 다 끝낸 잎이다. 그 어떤 지푸라기 한 올까지 세상의 완벽한 균형을 위해 헌신하고 있다고 했을 때, 오늘 아침 이 홍엽紅葉의 몸짓이야말로 사람의 눈과 귀를 멎게 하기에 충분하다.

    플라톤은 "독자의 감정을 흥분시키고 이지력을 해쳐 진리의 길을 막는다"며 시詩를 부정했고, 결국 '시인추방론'을 내세웠다. 만약 오늘 아침 플라톤이 이 옆에 있었다면 뭐라고 했을까. "어이, 고 형! 낙엽 한 장 가지고 뭘 그리 유심히 보고 있소? 그냥 싹 쓸어 모아 불태워버리면 될 것을 가지고……" 그랬더라면, 나는 플라톤에게 "어이, 미스터 플라톤! 그럴 필요가 뭐 있겠소, 차라리 봄부터 이 가로수 밑둥을 전부 잘라버리면 될 것을"하고 대답했을 것이다.

요즘은 돈이나 건강, 수능성적에 관련되지 않으면 아무도 쳐다보려 하지 않는다. 시집 따위는 아랑곳없이, 재테크나 학과점수를 위한 서적들이 서점 전면 진열대를 장악하고 있는 것만 봐도 돈과 자녀교육문제로 우리가 얼마나 다급해져 있는가를 짐작게 한다. 일반적으로 돈이나 수능성적은 목표일 뿐이지 삶의 목적개념은 아니다. 그러나 현실은 '목표'가 무엇이며 '목적'이 무엇인지조차 생각할 겨를을 주지 않는다. "바로 요 때닷!" 기다렸다는 듯, 통치권은 경제대국의 기치를 내세우며 서민들의 허리를 더욱 졸라메기 시작했다. 비정규직이라는 이상한 신조어를 탄생시키면서 최저임금의 당근뿌리를 코앞에 걸어놓는다. 광장을 차단하고 심지어는 촛불 든 아녀자의 머리채도 서슴없이 땅바닥에 내동댕이친다.

결국 이 고삐에 매달린 당나귀들은 그 한 뿌리의 당근을 쫓아 물불 마다않고 여기저기 쫓아다닌다. 삼십 년 전 이 땅의 한 논객은 알콜리즘에 빠진 미국 젊은이들의 초점 없는 눈동자를 보았다. 그리고 옳고 그름 따위는 도무지 자기와 상관없다는 일본의 젊은이들도 목격했다. 그러면서 그는 이 땅에서 잠들 줄 모르는 불의의 항거를 가장 큰 자랑거리로 삼았다. 플라톤이 옹호했던 공리주의, 또는 물질주의가 막다른 골목에 들어선 것일까. 시대는 우리에게 옳고 그름을 판단할 겨를조차 주지 않는다. 그런데도 이 땅엔 제대로 된 비판기능이 없다. 아니, 없는 게 아니라 철저히 봉쇄당한 것이라 해야 맞다. 그 기간이 차츰 길어지면서 결국 왕년 의義의 목마름에 타던 이 땅 젊은이들의 함성은 물론, 그 빛나던 눈동자들도 먹고 사는 현실의 어둠 속으로 하나둘 사라지고 말았다.

그렇다면, 요즘 시인들의 첫 번째 화두는 무엇일까. 그냥 '술'이라고만 하기엔 필자의 가슴이 너무 쓰리다. 당초 '술 권하는 사회'에서 '술독에 빠진 사회'라 해야 할 것인가, 이미 몽롱해진 저들의 눈동자엔 세상을 똑바로 응시하려는 의욕도 의지도 없는 것 같다. 시대는 골병들어 그로기상태에 놓여있는데, 시인들은 체념적 알콜리즘에 흐느적이면서 '갈대의 순정'만 불러댄다. 그게 물질만능주의 덫에 걸린 시대의 신음이며, 우민정치愚民政治를 시도하려는 현 통치권의 현대판 시인 추방론에 추방당한 시인들의 슬픈 초상일지 모른다.

한 생명은 마지막에 이르러서야 비로소 진실된 모습을 내보인다. 낙엽 직전의 나뭇잎은 그래서 아름답다. 핑그르르……, 또 다른 홍엽 한 장이 가슴에 다가와 속삭인다. "예나 지금이나 진실과 정의는 외롭다. 그 외로움에 다가가려 부단히 애쓰는 자가 바로 시인이다. 그래서 그들은 권력 가까이에 있는 자체만으로도 부끄러워할 줄 안다. 시는 죽어도 시인만은 살아남아야 하는 역사의 가르침을 알고 있기 때문"이라고.

(2012. 11. 3. 제주일보 오피니언 칼럼)

민들레야 섬에 피지마라

잡초로 통칭되는 야생초 중에서 민들레는 그나마 꽃의 대우를 받는 셈이다. 어른이고 아이들이고 민들레를 모르는 사람이 없다. 그토록 밟히면서도 민들레 꽃송이에는 어두운 그림자가 없다. 언제나 방긋방긋 푼수처럼 웃는 모습이, 도시 한복판 보도블록 사이에나 건물 사이 콘크리트 틈에서나 바닷가나 들판이나 어디에건 생명을 유지하면서 우리에게 가장 먼저 봄다운 봄을 알려주는 꽃이 바로 민들레다.

봄에 피는 꽃이 한둘이 아닌데도 왜 민들레가 예쁜 것일까. 결코 사람에게 굽신거리지 않아도 왜 저 꽃은 왕따 당하지 않고 사람들의 눈길을 끌어당기는 것일까. 어느 누구 물 한 방울 비료 한 방울 주지 않아도 봄만 되면 사람 가까이 다가와 친근감을 선사하고 있는 것일까.

키가 작아도 작게 보이지 않고 화장하지 않아도 추하지 않고 배가 고픈 이른 봄에도 결코 배고픈 기색을 나타내지 않는 꽃, 여린 듯하면서도 끈질기게 살아남아서 제아무리 밟힐 대로 밟히면서도 좀처럼 얼굴을 찡그리지 않는, 그래서 나는 민들레를 좋아한다.

풀은 언제나 낮은 곳에 있다. 우리가 과수원에서 잡초라고 이름 붙여놓은 여러 가지 풀들이, 사시사철 제초제 세례를 받으면서도 때가 되면 다시 솟아나는 그 풀들은 왜 거기에 그렇게 버티고 있는 것일까. 그것은 땅의 힘이면서 풀들의 의지다. 그래서 비와 바람에 유실되지 않도록 지표면을 보호한다. 풀이 시들고 썩어서 다시 지력에 보태진다. 그래서 풀들은 제 위치와 분수를 안다. 결코 하늘이 허락한 면적 이외의 영토를 탐하지 않고, 하늘이 허락한 키 이상 자라지 않는다. 그래서 제 시기에 싹이 트고 자라서 세상을 푸르게 한다.

민들레는 그들 중에서도 우리에게 예쁜 꽃을 선사하면서 지친 사람들에게 밝은 표정을 짓는다. 그러나 그 표정은 결코 비굴하지 않고, 잘난 척 현란하지 않고, 강한 척 억세지 않고 배고픈 척 엄살떨지 않는다.

민들레의 영근 씨앗을 보면서 자연의 섭리에 다시 경탄을 금할 수 없다. 사실상 우주가 둥근 것일까. 왜 신은 모든 식물의 줄기나 이파리, 꽃이나 열매를 원圓에다 기초를 두고 있는 것일까. 민들레 영근 홀씨들이 동그랗게 모여서 바람을 기다리는 모양을 보노라면 만물의 영장이라고 인간 스스로 제작한 카드를 남발하는 우리가 부끄러워진다. 저들은 정녕 세상에 존재하는 이유와 그 방법에 있어서 언제나 인간보다 한 수 위에 있는 것임엔 틀림없다. 결코 억지 부리지 않고도 그들의 생명력은 영원하다. 그들은 역천필멸逆天必滅의 사상을 몸소 우리에게 보여주고 있다.

몇 년 전 밤바다 고깃배들의 집어등 불빛이 하도 아름다워 바닷가에 나갔다 돌아왔을 때, 머리칼에 민들레 씨앗하나가 묻어 있는 것을 거울 앞에서 확인한 일이 있다. 바람에 날려 바다로 가다가 다행히 나의 머리카락에 묻어 살아 돌아온 민들레 씨앗을 조심스럽게 집밖으로 불어냈다.

민들레 씨앗은 땅에 떨어져야 산다. 그러나 섬에 핀 민들레의 숙명은 남다르다. 그날 밤 나의 머리카락에 묻어 돌아온 씨앗 말고, 그의 동료들은 얼마나 많은 수가 바다로 날려가 수장水葬되고 말았을까. 캄캄한 밤, 바람에 날려 무수히 바다로 빠져간 민들레 씨앗들은 우리의 그 어떤 모습일까. 눈에 보이는 아픔만을 가지고 그것이 전부인 양 착각하고 사는 동안, 민들레 씨앗들은 아무도 모르는 사이에 무수히 바다로 날려가 빠져죽는다. 그것이 섬에 핀 민들레의 숙명이면서 제주도 섬자락에 핀 토종민들레의 감춰진 슬픔이다.

오월이면 온 나라가 울긋불긋하다. 어린이날, 스승의 날 어버이날 부처님 오신 날 등 어쩌면 삼천리강산이 온통 잔칫날처럼 법석대면서 이 땅의 30대 40대 사람들의 등골을 휘게 만든다. 그리고 5 · 16과 5 · 18등 정치적 사건의 기억들도 오월 하늘을 우러러보는 우리들의 눈망울에 물기를 얹는다.

바람은 하늘의 심부름꾼이다. 이 푸르른 오월에 바람은 쉴 새 없이 민들레 씨앗을 실어 나르면서, 더러는 들로 더러는 도심지로 그리고 그 몇 배가 되는 수의 민들레 씨앗들을 바다에 수장시킨다. 사람의 삶도 이처럼 드러나지 않는 슬픔이 많을지 모른다. 오월 밤바다에 휘황한 집어등 불빛도 어쩌면 바람에 날려간 민들레 씨앗들의 슬픈 개화인지 모른다. 아픈 제주도민의 추운 원혼일지 모른다. "민들레야 섬에 피지 마라, 민들레야 섬에 피지 마라!"

(2000. 4)

엽신(葉信)

단풍나무는 빨갛게 은행나무는 노랗게 그리고 감나무는 적황색으로 물이 듭니다. 저들도 엄한기嚴寒期를 넘기려고 낙엽을 준비하나 봅니다. 여름 내 초록빛깔로 넘쳐나던 나뭇잎들도 조락凋落의 계절에 임박해서야 비로소 제 본색을 드러냅니다. 살아남기 위한 나무들의 변색이 어쩌면 인간적인 면을 보여줍니다.

누구에게 내려 보낸 속달우편일까
잠 설친 아침계단에 하늘나라 소인이 찍힌
황금색 상형문자의 단풍 한 잎 가볍게 놓여

오소소, 건강치 못한 그믐달이 이우는 창에
날 새면 하나 둘씩 불려가는 순종의 목숨
천상이 부적을 땐다, 은행잎이 또 진다.

<후략>
　　　　　　　　　– 나의 시「단풍 한 잎 가볍게 놓여」중에서

　아침계단에 떨어진 은행잎을 보고 썼던「단풍 한 잎 가볍게 놓여」의 일부입니다. 4,50대 남자들 사망률이 세계에서 가장 높다는 보도는 어제오늘의 이야기가 아닙니다. 나도 그 나이에 해당돼서인지 자고나면 우수수 떨어져 있는 은행나무 잎이 예전 같지 않습니다.

　21세기가 시작되면서 '바뀐다'는 말이 유별나게 많이 들려옵니다. 시대가 변했으니 우리의 사고도 변해야 한다는 그런 뜻이겠지만, 가을은 시대가 변해도 바뀌지 말아야 할 것들이 무엇인가를 생각하게도 합니다. 그럼에도 불구하고 바뀌어야 할 것은 바뀌지 않고 바뀌지 말아야 할 것들은 너무 쉽게 바뀌어버리는 세태가 걱정스럽습니다.
　그 대표적인 것이 우리나라 정당 이름이 아닌가 싶습니다. 아마도 정당 이름을 차 마시듯 밥 먹듯 자주 바꾸는 데는 우리가 단연 금메달감이라고 봅니다. 선거철이면 바뀌었다가 선거가 끝나면 다시 바뀌고 대통령이 바뀌고 야당 총재가 바뀌면 그 간판이 다시 바뀌는, 우리가 아는 정당 이름만 하더라도 이승만 정권 당시 자유당에서 오늘에 이르기까지 좀처럼 헤아릴 길이 없을 정도입니다. 어쩌면 정당 명칭의 변천사가 남루하기 이를 데 없는 이 나라 정치사를 말해주고 있습니다.

가장 만만한 '백성 民' 자 하나를 가지고 얼마나 많이 우려먹는지!, 그 '民' 字의 주인인 우리들은 허구헌날 통치권에 속고 살아왔다 해도 지나침이 없을 것 같습니다.

최근 우리 또래 특히 농업학교를 나온 사람들은 모교를 잃고 말았습니다. 제주농업고등학교나 서귀농림고등학교는 그 역사와 전통으로 보면 어디를 내놔도 나무랄 데가 없는 명문고들입니다. 그런데 어느 날 갑자기 학교 이름이 바뀌고 말았습니다. 솔직히 지금 나에게 모교의 이름을 대라면 정확한 이름도 모르거니와 바뀐 이름을 말하기가 여간 껄끄럽지 않습니다.

세월이 가면 학생이 바뀌고 선생님이 바뀌는 것은 당연합니다. 여기에서 우리가 우울해 하는 것은 농업국이 곧 후진국이라 생각하는, 그야말로 옛날식 사고를 가진 사람들이 교육당국의 뒤에서 소리 없이 리모컨을 조절하고 있다는 느낌이 들기 때문입니다.

농업학교의 이름에 '농업'이란 두 글자를 다른 말로 바꾼다는 자체는, 우리 미래 산업에 농업을 포기하겠다는 통치권의 의도로밖엔 받아들일 수가 없습니다. 그나마 농촌에 남아서 농업과 고향을 지켜보겠다는 농촌 젊은이들의 심중을 아는지 모르는지 그리고 이 나라에 농업과 직간접으로 관계하면서 밥을 먹고 사

는 사람의 수가 어느 정도인지를 제대로 파악이나 하고 폐농정
책을 펴는 것인지 도저히 납득이 가지 않습니다. 이럴수록 고급
농업기술인력을 양성시켜 세계시장에 대응토록 하는 것이 통치
권의 할 일이라고 생각합니다.

정당 이름이 정신없이 바뀌고 모국어인 한글맞춤법표준조차
너무 쉽게 바뀌는 나라, 고급담배 이름이나 자동차 종류가 동네
다방 이름 간판보다 더 쉽게 바뀌는 나라, 그 나라가 바로 우리 대
한민국입니다. 이처럼 변색하기 쉬운 풍토에서는 왕이나 대통령
을 대신해서 '불신'과 '불안심리'가 사회를 지배한다는 사실이 가
슴을 아프게 합니다. 툭 하면 과도기라는 편리한 낱말을 용케 갖
다 맞추면서 간판을 오르내렸던 우리의 현대사가 부끄럽습니다.

단풍나무는 빨갛게 은행나무는 노랗게 단풍드는 것이 만고의
진리이듯, 낙엽수들이 모여서 변해야 할 것과 변하지 말아야 할
것들을 분간할 수 있도록 하는 십일월입니다. 상록수 예찬일색
이던 우리에게 더 큰 교훈을 주는 저들 낙엽수들이 이 가을에 새
삼스럽습니다.

(2000. 11)

억새밭에 비 내리네

吳兄, 산남 쪽 고향 위미리에도 비가 내리고 있겠지요. 이처럼 저기압의 일기예보 때면 강아지조차 댓돌 위에 몸살을 앓고, 귤나무와 방풍나무는 물론이려니와 힘겹게 감귤을 실어 나르던 경운기까지 신경통과 관절염을 앓는, 농번기의 비 날씨 풍경들이 눈앞에 선합니다.

지난여름 육지의 가뭄을 제주에서 보상하려는지 가을 들어 비가 잦습니다. 과잉생산을 걱정하면서도 올해는 그나마 귤 맛이 좋다고 위안이더니, 이 가을 잦은 비 날씨가 모처럼의 그 기대를 흐려놓지 않을까 걱정됩니다. 돌이켜보면, 농사의 구할 쯤은 사람이 아닌 하늘이 짓는 것이라 해도 지나침이 없을 것 같습니다.

죄다 피고인입니다.
오랜 침묵시위 행렬이 여기에 와 멎고

머리카락마다 비릿한 물방울이 떨어집니다

몇 달 전부터 마을을 내려다보던 산들이
시름 속에 얼굴을 묻으며
가느다란 새 울음소리
빗줄기 사이로 흘려보냅니다

어디 하나 고갤 드는 이 없고

1991년 늦가을엔 하나같이
무지몽매한 피고인의 모습입니다,
한사코 묻는 말에조차 대답하지 않았습니다
― 「비오는 날의 억새밭은」

　아주 오래 전, 비오는 남조로 길가에 트럭을 세워놓고, 오줌을
누다가 비속에 고개 숙인 억새들의 모습을 보고 썼던 「비오는 날
의 억새밭은」을 시첩에서 꺼내 다시 읽어봅니다. 제주개발특별
법이 국회에서 날치기 통과됐을 당시 심경을 빗속 억새의 이름
을 빌려 표현했던 것으로 기억합니다. 힘의 논리 앞에 무릎을 꿇
을 수밖에 없었던 제주도민들의 심정과도 같다고 할까, 무더기
누명을 쓰고 법정에 선 피고인들처럼 빗속의 침묵시위행렬처럼,
그날의 억새밭 분위기는 우울함의 차원을 넘어 그 어떤 처참함
같은 것을 자아내고 있었습니다.

다시 농사 이야깁니다만, 초등학교 어린이들이 저금통을 깨면서까지 모은 성금으로 지하수를 파고 양수기를 동원하면서 가뭄과의 전쟁을 벌였던 것이 바로 엊그제였습니다. 열화와 같은 파종기의 상황과는 달리, 추수기의 농촌 들녘엔 시름의 저녁연기가 짙게 깔려있습니다. 수확 직전 논밭을 트랙터로 갈아엎는가 하면, 농민들이 국회의사당까지 싣고 와서 그 피나는(?) 쌀을 아스팔트에 쏟아 붓는 화면을 봅니다. 오랜 궁핍의 시대를 살았던 우리가 불과 30년 사이에 이루어낸 한의 결실이 이렇습니다.

어디를 둘러보아도 과잉의 늪에서 허우적이지 않는 것이 없습니다. 이처럼 과잉시대에는 다수소비자들의 선택폭이 넓어지는 반면, 소수생산자 선택의 폭은 좁아진다는 두 개의 얼굴이 있습니다. 그래서인지 요즘은 '풍요'라는 낱말 옆에는 '빈곤'이라는 낱말이 거의 자리를 같이 하고 있습니다. 1980년대 정치하는 사람들은 "풍요, 풍요!" 외치면서도 그 축배의 잔으로 고여 드는 수요와 공급 즉 조절기능의 결핍을 인지하지 못했나 봅니다.

설령 오늘 우리의 상황이 이처럼 어렵다손 치더라도, 나는 여기에서 절망이라는 단어를 꺼내고 싶지는 않습니다. 지나친 비관은 사람을 숙명론자로 약화시켜버리기 마련입니다. 그리고 숙명이라는 단어 속에는 희망의 빛을 삼켜버리는 습한 속성이 있습니다. 자칫 무책임한 돌팔이서 진단과 비판의 목소리가 가뜩이나 어려워하는 농민들의 사기를 더 꺾어놓지 않을까 하는 우려 때문입니다. 강 건너에서 태연히 앉아 "불이야! 불이야!" 하는 습관성 외침보다, 농가들과 한 양동이 물이라도 같이 나르면서 이 다급한 발등의 불을 끄고 싶은 마음입니다.

보다시피 저 억새들은 빗물만 마시고도 큰 키로 자라, 때로는 환호와 박수갈채로 때로는 탄식으로 때로는 저 마르틴 루터의 프로테스탄트(抗拒)의 깃발로 펄럭이고 있습니다. 저 억새들처럼 우리에게 이웃 나라의 순종형 '백성기질'을 압도하는 시대 도전형인 '민중기질'이 있습니다. 누대累代의 궁핍을 불과 30년 사이에 풍요로 반전시킨 우리 농민의 위대한 저력도 여기에서 비롯된 것으로 믿고 있습니다. 그래서 "훌륭한 기수騎手는 가장 사나운 말을 택한다."는 말을 다시 한번 떠올려봅니다.

吳兄, 이 비 그치면 저 침울했던 억새들도 다시 고개를 들고 일어설 것이며, 얼마 남지 않은 잎들을 마저 떨군 활엽수들도 좀 더 비장해진 골격으로 우리 옆에 다가설 것입니다.

열매 한 톨이라도 더 따내려고 어스름 녘까지 귤나무 가지에 매달려 있을 吳兄의 고단한 모습을 생각합니다. 모쪼록 올해는 월등한 추수의 기쁨으로 아주머님 병환도 커다란 차도가 있었으면 좋겠습니다.

(2001. 11)

낙타의 코끝

"약대 코끝 조심하라"라는 아랍권 속담이 있다. 어느 날 약대 (낙타)에 짐을 싣고 사막을 건너던 상인들이 좁다란 천막을 치고 밤을 묵었다. 낙타도 견디기 힘들 정도로 사막 밤공기가 몹시 차가웠던 모양이다. 그래서 이 짐승은 사람이 자고 있는 천막 안으로 슬그머니 코끝을 집어넣어 보았다. 천막 안이 따뜻하다는 것을 알아차린 낙타는 차츰차츰 그곳으로 머리를 들이밀기 시작했다. 처음에는 코끝이던 것이, 주둥이와 머리와 앞다리 몸통을 거쳐 결국 꼬리까지 천막 안으로 들어가고 말았다. 그래서 주인은 쫓겨나 밖에서 떨어야 했고, 낙타는 천막 안에서 느긋한 밤을 보냈다. 굳이 '주객이 전도'라는 말을 갖다 붙이지 않더라도 요즘 우리 주변에 이와 비슷한 일화는 얼마든지 있다.

외투를 벗고 나면 저고리를 벗게 되고, 저고리를 벗고 나면 바지를 벗게 된다. 그 다음에 벗어야 할 것은 묻지 않아도 뻔하다. 해군기지 유치에 섞여 간간이 들려오는 공군기지 유치설이 다시 그 '약대의 코끝'을 떠올리게 한다. 북한에 대한 햇볕정책과는 달리 제주도의 경우는 다분히 강제성이 엿보인다. 얼마 전 제주평화포럼 행사참석차 내도한 대통령 연설에서도 제주해군기지의 불가피성을 강조했다. 제주도를 평화의 섬으로 선포하던 당시의 말과는 전혀 다르게 엉뚱한 말로 얼버무리는 것을 보면, 우리 국방에는 분명히 국가최고통치권자도 어쩌지 못하는 뭔가가 있기는 있는 것 같다.

또 하나 쉽게 납득되지 않는 것이 있다. 제주해군기지유치조건 중의 하나로 경제문제를 거론한다는 점이다. 돈이라면 양잿물도 마다않는 요즘 세상에 <경제발전>이라는 말처럼 사람 꼬드기기 쉬운 말이 없다. 그러나 국방과 경제는 당초부터 상조相助가 아닌 길항拮抗의 개념이어서 전혀 궁합이 맞지 않다는 게 필자의 한결같은 생각이다.

오로지 바다와 땅만을 일구면서도 그토록 아름답고 풍요롭게 고향을 가꿔온 강정마을 사람들을 기억한다. 빛나는 수평선 밖으로 사시사철 은어 비늘 튕겨 올리는 강정천의 시린 물살을 기억한다. "휘파람도 그리워라, 쌍돛대도 그리워……" <서귀포 칠

십리>의 눈물겹도록 평화로운 노랫말을 기억한다. 그 아련한 그리움은 영원토록 도민들 가슴에 살아있어야 한다. 이것이야말로 제주도를 몸으로 사랑하는 사람들이 강정마을 주민들에게 거는 최대 기대치인 것이다.

제주특별자치도 1주년에 이르러 갑자기 "변화! 변화!"를 외치는 사람들이 많아졌다. 이참에 우리는 변화와 변질變質의 경계선, 더 나아가 변화와 변절變節의 경계선을 분명히 해둘 필요가 있다. 변화라는 말 속에는 긍정적 또는 미래지향적인 의미가 있는 반면, 변질과 변절이라는 말에는 우리의 중심개념 자체를 포기하면서 도민의 정서와 역사에 대한 배신적 의미까지 포함한다.

아름답게 보려면 한 번만 보고, 제대로 보려면 두 번 이상을 봐야 한다. 지금 우리에겐 현실과 연결된 시간의 고리 즉 통시적 맥락에서 오늘과 내일을 바라보는 안목이 필요하다. 무책임한 개방의 목소리나 역사인식이 결여된 현실 판단은 자칫 우리를 더 큰 불행의 늪으로 빠져들게 한다.

"삼춘, 그때 어디 간 이십데가?" 얼마 전 해군기지유치를 반대하던 위미리 주민들이 내걸었던 플랜카드 내용이다. 머지않은 날, 조카들의 그와 같은 질문 앞에 '부끄럽지 않은 삼춘'이 되기 위해 최근 우리를 향해 쿵쿵거리는 낙타들의 코끝을 똑바로 지켜봐야 할 것이다.

(2007. 7)

곡괭이는 무른 땅을 찍지 않는다

1

5월 5일은 어린이날이고, 5월 8일은 어버이날이다. 5월 15일은 스승의 날이고, 12월 25일은 성탄절인 걸 모르는 국민은 없다. 그러나 대부분 사람들이 11월 11일이 농민의 날이라는 것을 모를 뿐만 아니라, 심지어 농민들조차 이날이 '농민의 날'임을 모르는 이가 많다. 그만큼 농업은 이미 국민들 관심 밖에 있다. 이처럼 요즘 사람들은 돈이 보이지 않는 곳은 쳐다보지도 않는다. 문학도 마찬가지여서, 돈이 되지 않는다는 이유 때문에 돈과 권력이 집중된 도시 쪽으로 모인다. 그래서 농촌문학 또는 농민문학이 설 자리가 없다.

"문학은 사회적 토양에서 양분을 섭취한다. 거기서 꽃피우고 열매 맺는 문학은 그 토양의 성질에 따라 향기와 빛깔이 달라진다. <중략> 배추 한 포기 값이 껌 한 통 값으로, 과일 한 상자 값이 호텔 커피 한 잔 값으로 폭락해 마침내 농민들이 머리에 붉은 띠를 두르고 거리로 나올 판이다. 막말로 "죽겠다"는 소리 하지 않는 사람이 이 땅에 몇이나 있을까. 그럼에도 불구하고 일류병에 중증을 앓고 있는 통치권은 "일류국가로! 일류국가로!"만을 외롭게 외치고 있다.

문학은 지금 어디서 무엇을 하고 있단 말인가. 민주화시대에 들어섰으니 제 할 일 다 했다고 모여앉아 뒤풀이 소주잔이나 기울인단 말인가. 얼마 되지도 않는 정부미(보조금)나 넙죽넙죽 받아먹고 저희들끼리 토닥거리며 언어의 구슬치기나 하고 있단 말인가.<하략>

위 인용문은 지난 2000년 민족문학작가회의 제주도지회가 발행하는 『제주작가』5호 책머리에 필자가 기고한 「문학인의 직무유기를 우려한다」라는 제하의 일부 내용이다. 그로부터 5년이 지난 지금 아니나 다를까, 문학은 점점 배부르고 따뜻한 부잣집 아랫목으로 모여들고 있다.

UR이니 WTO니 세이프가드니 FTA니 DDA니 하는 영자표기식 시사용어들이 정녕 겁나긴 겁나지만, 그것이 무슨 말이며 우리 농업에 어떠한 타격을 가할 것인지 농민들은 구체적으로 모른다.

이른 바 '어깨너머 전문가'들은 농업의 활로를 모색하는 장소에서 경쟁력이라는 말을 단골메뉴로 꺼낸다. IMF 이후 여기저기에서 경쟁력 강화라는 말이 더욱 더 귀에 따갑다. 거기에다 홍보용 성공사례로 그럴싸하게 분칠해댄다. 일테면 새로운 발상이 아니면 새 시대에 대처할 수 없으며, 경쟁력을 갖추지 않으면 자멸한다고 아무생각 없이 떠들어댄다. 이 말을 뒤집어보면, '경쟁력과 자구능력이 없는 농민은 굶어죽어라'는 말과 조금도 다르지 않다.

그런데 현재 우리 농업인구 400만 중 60대 이상 된 자가 어림잡아 70%에 이른다. 홍보용 성공사례를 보면 특수한 작목이나 작형作型에다 특정한 사람들에 해당될 뿐만 아니라 대자본을 요구하는 경우가 대부분이다. 이런 상황에서 60대 이상 노인들에게 무슨 새로운 발상과 도전으로 대처하란 말인가. 이 땅에 경쟁력을 갖출만한 연령과 경쟁력에 동참할 수 있는 여건을 갖춘 사람은 고작 1%에 불과하다. 증권시장보다 더 불안한 것이 요즘 농업이어서, 경쟁력을 갖추려고 새로운 시도를 했던 젊은 농민들도 결국 실패하고 도시의 골목골목에 몸을 감추고 있는 상황이다.

도시에서 대학을 나와 그나마 좋은 직장을 가졌다 해도 정상적인 수입으로는 도시생활비를 감당할 수 없다. 그래서 농촌의 부모들은 매달 도시에서 자식놈들이 용돈을 부쳐온다고 남들에게 자랑한다. 허나 그 내막을 자세히 들여다보면 되레 늙은 농촌

부모들이 도시의 자식들에게 생활비를 보내주고 있음을 알 수 있다. 요즘 농가부채가 단순히 농업에 관련된 원인만이 아니라 도시 자녀들의 생활비 또는 자녀교육비 등도 포함돼 있다는 것을 국민들은 알아야 한다.

앞서도 말했지만, 우리 농민들 중에 경쟁력을 갖출 수 있는 농민의 수를 아주 후하게 쳐서 1%인 4만 정도라 하자. 그렇다면 경쟁력을 갖출 수 없는 나머지 3백9십6만의 농민은, 결국 햇빛 한 번 제대로 보지 못하고 생을 마감할 수밖에 없다. 그 주인공이 바로 우리 문학한다는 사람들의 부모와 형제들이다.

2

언어 또는 어휘가 사고思考의 그릇이라면, 시(문학)는 한 시인의 마음의 그릇이며 정신의 그릇이다. 시란 어쩌면 시대적 상황의 예각鋭角에서 그 시대정신을 이끌어가야 한다. 따라서 시는 논리보다 직관에 의존한다. 시인이 고독해질 수밖에 없는 이유가 여기에 있다.

돈이 보이는 곳으로 사람이 모이는 것처럼 요즘 문학도 사람이 모이는 곳으로 따라간다. 농업이 이처럼 경제논리에서 뒤처지기 시작하는 데서 문학의 중심도 도회지로 옮겨가고 있는 것은 당연한 것인지도 모른다. 바로 여기에서 우리 시인 작가라는 사람들은 아주 중요한 직무유기를 범하고 있음을 알아야 한다. 이 땅엔 하루에 36명씩 스스로 목숨을 끊는다(2005년 기준)는 것을 보도를 통해서 듣는다. 경제 교육 정치 어쩌면 종교까지도 사람을 생명의 길이 아닌 죽음의 길로 몰아세우는 것이 요즘 사회다. 그럼에도 불구하고 문학이 초록공간을 포기하고 그 암울한 회색공간인 도시로 쫓아가는 이유가 무엇일까. 한 마디로 돈 때문이다.

결국 농업의 몰락은 곧바로 정신주의 몰락으로 이어졌고, 마침내 물질지상주의가 창궐하면서 정신은 물질 앞에 무릎을 꿇고 말았다. 그래서 너나없이 죽음의 세계로 향한 발걸음이 더더욱 바빠지고 있는 것이다. 남들 앞에선 "깨어있다."느니 "아파한다."느니 하고 떠드는 문학인들도 어쩌면 아무생각 없이 따라가고 있는 것 같다.

시대가 또는 사회가 우리에게 돈을 너무 많이 요구하는 것임엔 틀림없다. 그러나 문학이 돈 앞에 아부하고 저급한 독자들의 무릎 밑에 머리를 조아리는 것은 이미 문학의 시대가 종언을 고했다는 것을 뜻한다. 이처럼 정신주의가 몰락하고 물질이 정신을 지배하는 상황을 빤히 바라보면서도 시인 또는 작가들은 애써 모른척 하려 든다.

미군 장갑차에 무참하게 희생당한 미선이 효순이 추모행사에 시인 작가들이 많은 관심을 보였다. 당연한 일이다. 그러나 우리

정신의 뿌리, 우리 부모님이 병들고 노쇠해진 농촌 내 고향이 병들어 시들어가고 있는데도 이들 시인과 작가들은 아랑곳 하지 않는다. 농촌은 이미 대다수 국민들의 관심 밖이라는 것을 알기 때문이다.

경제학자들은 GNP 2만 불 시대를 U턴의 시대라고 한다. 그때까지 도시로 일류로 뛰어가던 사람들이 지칠 때가 되는 것이 바로 이 시점이라는 것이다. 그 이론이야 어쨌든 농촌사람들보다 도시인들이 더 지쳐있는 것 같다. 그러나 이들과 같이 울고 웃어줄 문학인은 그 대열에서 떠나갔다. 돈과 명예가 명분을 앞지르는 시대이기 때문이다.

그래서 1970~80년대와는 달리 요즘 시인들은 몸을 너무 사린다. 앙가지망(비판정신)은 어느 시대 어느 사회에서도 존재하고 또 존재해 마땅하다. 따라서 재야문학의 부재는 문학인 전체의 부끄러움으로 인식돼야 한다. 이처럼 사회의 아픔과 문학이 동떨어졌을 때 문학은 사회로부터 고립된다. 농민문학의 쇠퇴와 문학의 사회적 고립은 어쩌면 같은 맥락에 있는지 모른다.

곡괭이는 아무리 배가 고파도 무른 땅을 찍지 않는다. 시대가 바뀌어도 늘 제자리를 지켜달라는 역사의 타이름을 시인 작가들보다 먼저 알고 있기 때문이다.

(2005. 6)

양말 두 켤레 포개신고

맨 처음 땅 위에 길을 낸 것은 하늘의 심부름꾼 바람이었으리라. 바람이 뚫어놓은 길로 다시 물이 흘렀고, 그 물가엔 파릇파릇 초목이 자랐을 것이다. 여기에 짐승들이 모여들면서 그 발자국 따라 사냥꾼도 찾아왔으리라. 뒤 이은 장사꾼 발자국이 다시 사냥꾼 발자국 위에 포개지면서 길 하나가 만들어졌고, 한참 뒤에야 공자도 석가도 예수도 "내가 곧 길이요 진리라"며 그들이 뚫어놓은 길을 따라 걸었으리라.

대부분 사람들은 과거사를 이야기할 때 자신의 가난과 역경을 먼저 들춘다. 그 흉터가 개인의 것이든 시대적인 것이든 그 역경의 질량만큼 이야기 속에 아픔이 묻어난다. 나의 경우도 이와 마찬가지여서 작품 대부분이 시련과 좌절에 그 뿌리를 두고 있다. 생의 전반을 넘기도록 끈질기게 따라오는 병마와 가난을 운명적

인 것으로 받아들이던 내 슬픈 영혼은 창작이라는 동아줄에 매
달려 오래도록 대롱거리고 있었다.

　그러나 다행스럽게도 글쓰기를 통해 내가 떠날 길이 아닌, 나
를 향해 다가오는 전혀 다른 길을 감지할 수 있었다. 사람 짐승 바
람 산 바다 섬 별 그리고 하늘에 이르기까지, 저마다 길을 내며 내
삶에 깊숙이 관여하고 있음을 알았다. 정녕 그러한 사물들이야말
로 내 생의 목격자이며, 이 시대의 목격자이며, 우리 역사의 목격
자임을 깨닫게 되면서 한층 그들의 속삭임에 귀를 기울일 수 있
었던 것이다. 어쨌거나 사람들은 자기만의 그 길을 따라 자기만
의 발자국을 남기며 그 길로 왔다가 그 길 따라 어디론가 떠난다.

　열흘 전 행사참여와 취재를 핑계 삼아 오랜만에 섬을 벗어났
다. 그런데 폭설과 강풍과 풍랑주의보가 계속되면서 꼼짝없이 8
박 9일 동안 길 위에 나날들을 보내다가 파김치 상태로 돌아왔
다. 덕분에 제주→ 대구→ 청도→ 대구→ 대전→ 청주→ 조치원→
목포→ 진도→ 완도→ 광주→ 서울→ 수원→ 아산→ 예산→ 서
울→ 제주 등 양말도 두 켤레씩 포개 신어가면서 설중강행을 계
속했던 것이다.

　내 여행의 주제는 주로 농업 또는 농촌에서 찾는다. 그래서 이
번에는 농촌과 관련된 한 중앙기관을 찾았다. 여기에도 별 수 없

　전원에세이 손!

이 뼈아픈 농촌현실은 아랑곳하지 않고, 세상에 좋은 말만 다 모아다 엮어놓은 영상자료가 사람을 실망시킨다. 아픔은 오로지 과거형으로 돌려놓고, 풍요와 복지를 자꾸만 미래 쪽으로 끌고 가면서 가장 중요한 현실의 중간토막이 슬그머니 빠져버린 것 같은 전시행정의 그 전형을 여기에서 다시 본다.

이곳 역시 <브랜드화>라는 시대적 흐름에 발맞춰 전국 각처에서 생산된 쌀이나 특산물들이 울긋불긋 다양한 포장상태로 자리를 같이하고 있다. 너나없이 자기가 최고라는 이들 품목들을 이처럼 한자리에 모아놓고 바라보노라니, 비로소 '경쟁력'이니 '브랜드'니 '차별화'니 하는 말도 한낱 시대적 유행어에 지나지 않을 것이라는 예감이 별 어려움 없이 다가온다.

버스가 충청도 어느 시골입구로 들어설 무렵, 잎 진 가로수 허리에 둘러쳐진 "베트남 며느리는 너무 착해요"라는 어느 국제결혼상담소의 플랜카드가 눈에 들어온다. 전국농촌 어디에도 흔히 볼 수 있는 이 현수막은 단순히 장가 못가는 농촌총각 문제에서 머물지 않고, 씨받이 사생아 성매매 에이즈 원조 등등 시대적 성문제에 관련된 각종 낱말들을 떠올리게 한다. 시대는 그도 모자라, 장애인에서 노약자에 이르기까지 국제결혼에 끌어들이면서 우리보다 더 어려운 나라의 여성들과 짝을 지으려 든다. 그래서 도대체 어쩌자는 것인가. 차라리 의자에 머리 기대고 눈을 감아버리자.

제주로 돌아오는 아시아나 항공 특별기편 창밖으로 호남지방의 농촌마을이 내려다보인다. 저 낮은 지붕들……, 사람과 사람 이웃과 이웃 마을과 마을을 잇는 길들이 폭설로 하얗게 지워져 있다. 저 눈 속엔 정녕 농가부채를 아득바득 버텨오던 농수산식 비닐하우스가 끝내 그 눈의 무게를 견디지 못해 내려앉아 있을 것이고, 그 속에 파릇파릇 돋아나던 시설채소는 물론 양계장 병아리들이 복구의 손길도 받아보지 못한 상태에서 이미 얼음장이 돼 있을 것이다.

삶의 길이든 문학의 길이든 '길'은 한 존재를 해방시킬 것 같지만, 결국 그 속에다 모든 것을 속박하려는 속성을 지닌다. 그러한 구심력에 반발하려는 역동성 에너지야말로 이 시대가 요구하는 정신이란 걸 누가 모르랴. 항시 삐거덕거리면서도 또 다른 길을 모색해야 하는 생의 수레는, 그래서 늘 외롭고 고달프다. '길'이라는 어휘의 뉘앙스가 언제 어디서나 사람을 쓸쓸하게 하는 이유도 여기에 있으리라.

"우리 고장에는 아무것도 없습니다. 그냥 오셔서 푹 쉬었다 가십시오." 저마다 자기 지역 자랑에 침이 마르는 요즘, 차라리 아무것도 없으니 그냥 와서 푹 쉬었다 가라는 어느 군수의 지역홍보가 여느 홍보자료보다 사람의 마음을 끈다.

다시 또 역마살이 돋는 것일까, 관광지도 명승지도 아닌, 아직 인터넷에도 오르지 못한 벽지농촌들이 자꾸만 나를 기다리는 것 같다. 군불 지핀 구들방에 무릎 맞대고 앉았을 때 흑염소 외모를 닮은 그곳 농민들과 무슨 이야기로 긴긴 밤을 새울 것인가. 그래서 올 설을 넘기고는 바로 "아무것도 없다"는 그곳, 강원도 어느 산골마을의 실핏줄 같은 길 하나를 더듬어볼 참이다. 다시 양말 두 켤레 포개 신고서……

(2006. 1)

제4부 붙여넣기

손!

● 생애에 가장 길었던 밤 ●

베개가 끈적거리는 것으로 봐서, 그 액체가 피었음을 직감했다. 병수발하시던 어머니는 침대 옆에 쭈그린 채 잠들어 계시고, 그 작은 병원의 당직 간호사도 졸고 말았는지 자정이 훨씬 지난 병실엔 아무도 오지 않았다. 다만 나 혼자 양쪽에서 쏟아지는 코피를 손등으로 하염없이 훔쳐내고 있었다.

정확한 병명도 모른 채 제 발로 걸어 들어와 입원한 지 닷새 만에 벌어진 일이다. 진찰 전에는 병실 복도에서 담배를 피웠던 내가, 불과 몇 분 만에 담배 냄새를 맡고 곧바로 구토증을 느낄 정도로 병세는 악화일로에 있었던 것임을 알 수 있다. 그도 그럴 것이, 정상인의 백혈구 수가 3천인데 비해 혈액검사 후의 백혈구 수치는 3만에 이른다지 않는가.

대퇴부와 무릎 통증이 견딜 수 없어서 정형외과의원을 찾았지만, 초기진단결과 대퇴부통증 정도는 문제도 아니라며 인근 내과의원으로 보낸 것만 봐도 나의 병증은 심각할 정도의 수준은 이미 넘어선 단계라는 것. 그리고 병실에 들어와 손을 잡으며 꺼져가는 나의 몰골을 바라보는 문병객들의 표정에서 절망이 머지않다는 것을 읽어낼 수 있었다. 마침내 마지막이 될지도 모른 날에 그토록 고독한 출혈의 밤을 치르고 있었으니.

얼마쯤 지났을까, 이 중환자의 병실에 노크도 없이 슬며시 들어서는 그림자가 있었다. 그리고 침대 가까이 다가와 조심스레 살피는가 싶더니 갑자기 불을 켜며, "간호원 비상!"을 외치는 것이었다. 어머니가 깨어나시고, 간호사도 눈을 비비며 병실로 달려왔다.

곧바로 한 뼘 정도의 심지를 양쪽 코에다 집어넣으며 "아무리 힘들어도 이 심지를 뽑으면 절대 안돼요, 반드시 참아내야 돼!"라고 당부하는 원장의 어조에는 절박감이 서려있었다. 가뜩이나 호흡이 어려운데……, 아픈지 힘이 드는지 고통을 드러낼 만한 힘이 나에겐 없었다. 그런데 그때 그 노련한 의사의 모습은, 단순히 병원 원장의 차원을 넘어 마치 하늘에서 내려 보낸 거룩한 신령님 같았다. 때문에 그 길고긴 밤을 참으면서 위기의 밤을 겨우 넘길 수 있었던 것이다.

그 밤 나의 목숨이 바람 앞에 촛불보다 더 위태로웠다는 것을 한참 후 친구에게 전해 들었다. 당시 병실 옆을 떠나지 않는 사내 둘이 환자의 친구임을 알았던지, 원장이 직접 당신 방으로 친구들을 불러 그때 상황을 이야기하더란다. 만약 원장이 그 시각에 꿈을 꾸지 않고(꿈의 내용은 알 수 없지만) 그냥 잠을 자 버렸다면 병원에 올 이유도 없었으려니와, 피가 내부에서 응고, 결국 나는 기도氣道가 막혀 죽었을 것이라고 했다. 그런 절대 절명의 순간, 그 노회한 의사는 꿈에서 깨자마자 자택에서 곧바로 병원으로 달려와 나의 양쪽 코에 심지를 꽂아 출혈을 막을 수 있었다.

1974년 2년간의 일본 유학을 마친 나는 아직 초보단계인 감귤 재배기술보급에 미력이나마 보탬이 되려 했다. 일본에서 구입한 수백 권의 원예전문서적을 탐독하면서 낮에는 밭에 나가 일을 하고 여기저기 강의도 나가면서 농가의 어려움과 실제 현장경험을 쌓아나가던 중이었다. 그 이듬해 가을, 당시 제주도감귤기술양성소의 강의 도중 쓰러질 정도로 건강상태가 말이 아니었다. 과로 반 영양실조 반의 스물아홉 살 때 당시 체중이 고작 50킬로 안팎이었으니, 병증은 벌써부터 예고되어 있었다.

며칠 후, 원장은 이 가엾은 환자를 퇴원시킬 수밖에 없음을 안타까워했다. 사망선고나 마찬가지였다. 집에 도착하기 전에 숨이 멎을 수도 있다면서 제주도에 단 한 대 뿐인 독일제 엠블런스를 이용토록 했다. 그날 오후 늦게 5·16도로를 넘어오는 차창 밖으로 어쩌면 마지막이 될지도 모를 저녁노을을 보면서 나는 눈물을 흘렸다.

목숨은 어쩜 질긴 것이어서 보름이 넘도록 나는 살아있었다. 골방에 격리된 채 사위어가는 나의 목숨을 내가 지켜보고 있었다. 며칠 후 나는 가족들을 불러 앉히고 유언비슷한 말을 남겼다. 그리고 마지막 한 마디, "서울종합병원에 한번 가보고 싶다"고 했다. 그 한 마디로 사십 킬로에 미치지 못하는 해골 같은 몸이 다시 복잡한 과정과 수속을 거치면서 서울 큰 병원에 입원하게 된 것이다.

일 년 가까이 이승과 저승을 들락거렸다. 왼쪽 대퇴부의 만성 골수염, 간경화 직전까지 갔던 만성 간염, 하복부에 가득했던 늑막과 복막염, 폐 한쪽이 거의 썩어버린 폐농양 등의 합병증에서 살아난 것은 한 마디로 기적이었다. 박동이 멎을 정도로 약해진 심장 때문에 마취를 할 수가 없어서 망치와 끌질로 뼈를 깎아내던 수술대의 상황도, 뼛조각을 뚝뚝 떼어낼 때 두개골을 진동시키던 그 공포의 '뺀찌질'을 멀쩡한 정신 상태에서 견뎌낼 수밖에 없었던 것이다. 실제로 마취도 하지 않고 뼈 깎기를 체험했던 나로서 그 후 "뼈를 깎는 아픔" 운운하는 따위의 표현을 하지 않기로 했다.

1년 후, 목발 짚고 마당에 들어서는 아들의 목을 껴안고 "아이고 내새끼, 아이고 내새끼" 하며 어머님은 한참을 우셨다.

• 어느 알코올중독자의 기지(機智) •

그로부터 다시 5년 후, 아내와 나는 뜻밖의 사고로 화염 속에 갇히고 말았다. 두어 평 정도의 공간 출구 쪽에서는 강력한 힘으로 불꽃이 뿜어져 나오고 있었다. 나는 아내를 안아 2미터는 족히 넘을 콘크리트 벽 밖으로 던졌다. 그리고 혼자 그곳에 남았다. 순식간에 전신의 살갗이 불룩불룩 부풀어 터졌다. 피가 흐를 틈도 주지 않고 화염은 상반신 전체에 파고들었다. 화염 속에서도 가스통은 선명하게 보였고, 나는 그것이 터지기를 기다렸다. 그 순간엔 고통이나 공포 따위는 없었다. 그저 담담한 마음으로 가스통이 폭발하는 것을 기다릴 뿐이었다. 이왕 죽을 바엔 저 통이 폭발하는 것을 보면서 나도 산산조각 부서지리라. 그런데 한참을 기다려도 가스통은 폭발하지 않았다. 그렇다면……, 살아야 한다!
한쪽 벽을 뛰어넘으려고 힘을 썼지만, 뜨겁게 달궈진 슬레이트 지붕은 불탄 나의 손에도 쉽게 부러지고 말았다. 그런데 내가 어떻게 그 벽을 넘을 수 있었을까. 솔직히 나도 잘 모르겠다.

해군시절, 당시 함상근무艦上勤務 사병들도 육상에서 공수와 유격훈련을 받았다. 그때 경험한 것이지만, 평소에는 전혀 넘지 못하는 장애물도 어느 정도의 기합을 받고 어깨에 힘이 빠진 다음 시도해보면 의외로 쉽게 넘을 수 있다. 그렇다면 그 절망의 벽을 뛰어넘을 수 있었던 것도 그 어떤 상식 밖의 힘과 방법이 따라줬기 때문일지 모른다.

어쨌든 그 속을 빠져나와 한길까지 뛰어나갔을 땐 이미 전신이 까맣게 타버린 후였다. 그런데 이때도, 예기치 못한 한 사람이 그 새벽에 달려 나와 기가 막힐 정도의 응급조치를 취해준 것이다. 다름 아닌 우리집 맞은 편 구멍가게에 아침마다 잔술을 사 마시는 알코올중독의 아랫동네 아저씨다. 그분은 새벽에 눈을 뜨자마자 이 구멍가게까지 한참을 걸어와 마른멸치 안주에다 한 고뿌(잔) 백 원 하는 한일소주 마시는 순간이 가장 행복하다 했다. 그분은 그날도 이른 시각에 이곳 구멍가게에서 그 사기고뿌를 기울이고 있었던 것이다. 그러다가 까맣게 탄 상태로 한길로 빠져나온 나를 본 순간, 진열대의 소주됫병 두 개를 따고 달려와 나의 전신에 쏟아 붙는 게 아닌가. 그리고는 때마침 서귀포로 가는 택시를 막아 세우고 다짜고짜 그 손님들을 끌어냈다. 담요 한 장을 가져오게 한 후 그 담요로 나의 몸을 싸고는 택시 안으로 밀어 넣으며 "어서 빨리 병원까지 싣고 가요!" 거의 명령조의 어투로 택시기사를 다그치는 것이 아닌가. 그때 그 아저씨는 결코 나약한 알코올중독자가 아니라 전장에서 펄펄 날으는 용사처럼 보였다. 첫 번째 병원은 아직 문이 닫혀있었고, 두 번째 병원에 들어서서야 나는 정신을 잃었다.

지금 그분은 이미 이 세상 사람이 아니시다. 그날 아침 거기서 나의 몸에다 소주 두 되를 쏟아 붇지 않았다면, 그 화기가 몸으로 들어와 나는 죽고 말았을 것이라는 것이 그 후 주변사람들 이야기다(그분 유족과의 협의가 되지 않은 상태여서 당사자의 실명은 밝히지 않겠다).

• 고마우신 가짜의사님 •

서울에서 일단 목숨을 건지고, 나는 병원치료비를 감당할 수 없어서 퇴원할 수밖에 없었다. 그때는 일반인의 의료보험도 제도도 없었을 뿐만 아니라, 불량가스통으로 가스를 공급한 기업체 회장은 도내에서 막강한 권력을 갖고 있는 터라 경찰도 언론도 내 편을 거드는 척하면서 끝내는 유야무야 아무런 힘도 돼주지 않았다.

서울병원에서 제주도로 내려온 후, 서귀포 어느 조그만 의원의 비좁은 병실에 아내와 같이 입원했다. 첫돌 넘긴 아들은 화상 입은 엄마 아빠 얼굴을 약간 경계의 눈빛으로 한참을 바라보았다. 분명히 제 엄마와 아빠인데도, 얼굴은 그전 얼굴이 아니었다. 그러나 녀석은 넉 달 동안의 할머니 품에서 슬그머니 빠져나와 제 엄마의 가슴에다 얼굴을 묻었다. 그리고는 얼굴 들어 엄마의 얼굴 보기를 몇 차례, 이어서 손가락으로 나를 가리키며 "아-빠"라 했다.

6개월이 지나도 양쪽 팔엔 붕대가 감겨져 있었고, 상반신 대부분은 몹시 따가운 상태였다. 그러나 이때부터 육체적 고통보다 우리 네 식구의 먹고 사는 경제적 문제가 더했다. 병원 좁다란 방에서 생활하면서 당장 먹을 밥이 없을 정도다. 돈이 될 만한 것은 아무것도 없었다. 그리고 집채만 한 빚덩이가 우리 부부를 짓누르고 있었다. 결국 병원비가 없어 시골병원에서조차 퇴원권유를 받아야 했다.

우리 네 식구는 아프고 배고팠다. 아직 붕대를 풀지 않은 손으로 신문사에 편지를 썼다. 신문사 기자가 우리 셋방에 찾아와 몇 자 적고 가더니, 며칠 후 그 기자한테서 제주시내 모 병원에서 무료치료를 자청하고 있다는 연락이 왔다.

무료 진료를 자청한 병원 내과과장의 방은 박사학위증을 비롯해서 일류대학 졸업증, 무슨무슨 회원 증, 무슨무슨 감사패 등이 즐비했다. 그리고 별 진찰도 없이 주사와 약을 처방했다. 비록 통근치료지만 약효가 있어서 잠을 잘 수 있었다. 그리고 3주가 지났을까. 그토록 친절하던 의사의 얼굴이 흙빛으로 변해있었고, 당일 진료조차 거부하면서 그 이유는 나를 소개한 기자에게 물어보란다.

3일 쯤 지났을까, 당시 도내 유일한 지방일간지 사회면 상단부에 "가짜의사 시내 모 종합병원 김○○과장 긴급구속"라는 머리기사 바로 옆에, 어디서 많이 본 듯한 얼굴의 큼지막한 사진, 바로 그였다. "아, 그랬었구나!" 나는 아무 말도 할 수가 없었다.

그분이 진짜면 어떻고 가짜면 어떠랴, 위선僞善의 한 방편으로 내가 이용된들 어떠랴. 그 기나긴 병중에, 그 절박한 상황에서 아무조건 없이, 심지어 제주시 왕복교통비까지 대주시며 내 아픔을 덜어주신 사람은 오직 그분 혼자였지 않은가. 설령 그분에게 면회 한번 가보지 못하고 그 후 연락도 못한 상태이지만, 내 기억 속엔 고마운 분으로 오래 남으리라.

• 팽나무의 모습으로 •

마을 공동묘지로 가려면 마을 입구의 팽나무 밑을 지나야 한

다. 5백 년생의 그 팽나무는 나무체내의 영양흐름 때문인지 가지
별로 단풍이나 낙엽의 정도와 시기가 조금씩 달랐다. 우리 마을
엔 사람이 죽으면 장례를 치러주는 수상死喪접이라는 계契가 있
었다. 비바람 몹시 사납던 1985년 초겨울 새벽, 마침 동네어른이
돌아가셔서 그 계원契員이던 나도 장의행렬에 끼어 그 팽나무 밑
을 지나고 있었다. 하마터면 나를 실은 상여도 세 번씩이나 지났
을 그 팽나무 길이 아니던가. 그때 마침 오랫동안 낙엽을 참고 있
던 팽나무 한쪽 가지가 상여 위로 가랑잎을 쏟아내고 있었다. 비,
바람, 가랑잎 그리고 비에 젖은 장의행렬……, 순간, 말로는 쉽게
표현할 수 없을 정도의 묘한 이미지 한 점이 나의 뇌리 속에 각인
되고 있었다. 그날로 그 팽나무는 책상 서랍에 팽개쳐둔 원고지
를 다시 펴게 했다. 5년 전 화상치료 당시 주치의 앞에 꺼냈던 한
마디, 바로 "글을 쓰겠다"던 자기암시가 마침내 실천으로 옮겨지
는 단계라 볼 수 있다.

　1987년 8월 30일 태풍 다이아나DIANA호에 쓰러진 팽나무는,
1988년 내가 신춘문예에 당선되어 찾아갔더니 반년 남짓 길 위에
쓰러져있던 모습이 자취도 없이 사라지고 없었다. 마을에서 그
팽나무 신께 제사를 올리고 철거한 후였다.

　어릴 때 동네 어린이 놀이터 구실을 하면서 우리를 키워주더
니, 온갖 시련 다 겪은 후 한 장의행렬의 뒤를 따르던 나에게 그
토록 강렬한 시상을 던져주는 것이 아닌가. 5백년 남짓 마을 입

구에서 그 인고의 세월을 다 보내고는, 세상에서 가장 무식한 시인의 신춘문예 당선통보를 받고서야 영원히 그림자를 거두었던 팽나무…….

> 오백년 더딘 육신 여울목에 지고 서서
> 한라산 바라보다 등을 돌려 씹는 슬픔
> 나직이 드리운 형상 물 그리던 할머니.
>
> 보채는 하늬바람 등에 업어 추스르고
> 가슴 저려오면 가지 끝에 타는 노을
> 어머님 눈물 감추시듯 외로 지던 가랑잎.
>
> 아득한 그 이름은 달 되었나 별 되었나
> 차라리 눕고 싶어 머리 풀고 기댄 세월
> 회한도 옹이 될 무렵 철이 드는 고향 하늘.
>
> — 나의 처녀작 「흑통폭낭」 전문

　지금 읽어보면 부끄럽기 그지없는 내용이지만, 이 작품이야말로 나를 문학인이게 한 처녀작이다. 아마도 이 팽나무에 관한 기록은 내가 찍어둔 사진 몇 장과 처녀작 「흑통폭낭」이 전부일지 모른다.
　앞에 설명한 그 알코올중독의 아랫동네 아저씨는 나의 육체를 구해주신 다음 세상을 뜨셨고, 이 팽나무는 나약할 대로 나약해진

내 영혼에 새로운 기름을 부어주고는 5백 년의 그림자를 거둔 셈이다. 지금쯤 동네 사람들의 기억에서 이미 지워지고 있을지 모를 존재들……, 그러나 이 두 존재야말로 고향에 대한 모든 아픔을 치유해주는 감사의 대상으로서 지금도 내 가슴 속에 자라고 있다.

• 지금 그 손으로 •

나의 손가락은 아홉 개 반이다. 65% 3도 화상을 입었을 때 당시 지방병원에서는 거의 사망을 예견했다. 따라서 화상에 대한 기본적 응급조치 역시 충분하지 않았던 것도 짐작이 간다. 당시 아버님께서도 "어짜피 죽을 자식인데 끌고 다니면서 길에서 죽이기 싫다" 시며 서울 병원에 가는 것을 탐탁하게 여기지 않으셨다.

전신을 붕대로 감싼 채 서울에 도착한 시각이 초저녁이라는 것을 기억한다. 그리고 나를 본 당시 병원 의사나 간호사들 중에는, 전에 나의 목숨을 건져준 김 모 과장님과 이 모 간호과장님 등이 내 모습을 보고 침통해 하시던 모습을 기억한다.

손톱이 거의 빠진 상태에서 손가락이 서로 붙어버리고, 결국 이 손은 아무런 쓸모가 없어지고 만다. 외국까지 가서 2년간 익힌 감귤전정기술은 아무 효력도 발휘하지 못하게 돼버린 것이다. 목숨은 건졌지만 꿈 없는 목숨이 허수아비와 다를 게 뭐람.

그러나 어느 순간, "나는 미래의 작가"라며 콧대를 세우고 다녔던 기억, 고등학교 시절 문예부장을 맡으면서 러시아 체홉과 톨스토이, 오 헨리 등의 단편소설에 빠져있으면서 한편으론 헤밍웨이의 『노인과 바다』와 안톤슈낙의 수필 등을 원고지에 베껴 썼던 기억을 떠올렸다.

결국 주치의에게 "이 손으로 글만 쓰게 해달라고 간청했다." 그러자 그 주치의는 "아 고정국 씨, 글을 쓰세요? 걱정 말아요, 이참에 노벨문학 수상작을 쓸 손으로 바꿔드릴 테니!" 하며 당시 백병원 성형외과 과장은 나에게 용기를 심어주었다. "이 손으로 글을!"그건 분명 운명적인 자기암시였다.

이제 병마를 치른 지 33년, 화상을 입은 지도 벌써 28년이란 세월이 흘렀다. 시간은 주변을 변화시키고 있었다. 부모님은 물론 그때 나를 걱정하시던 많은 분들은 나보다 앞서 세상을 뜨셨다. 특히 화상 환자의 심한 악취에도 불구하고 틈만 나면 옆에 다가와 얼굴의 거즈를 눌러주시던 내 친구의 부인, 春花아주머님이 6년간의 암투 끝에 먼저 가셨다. 지금도 노래방엘 가면 남인수의 <산유화> 노래를 부르면서 우리 아주머님을 기린다.

한편 사고 발생 6개월이 경과한 후, 우리 식구의 극빈 기회를 틈타, 부하직원을 시켜 고작 2백만 원을 건네주고는 "앞으로 법적 도의적 책임을 절대 묻지 않겠다"는 각서를 챙겨갔던 그 회장님도 생각보다 빨리 세상을 뜨셨다.

세상에서 가장 맛있는 반찬은 뭐니 뭐니 해도 '자화자찬'이다. 사랑하는 나의 딸 상희는 엄마 아빠가 서귀포 병원에 입원해 있을 때 새벽버스를 타고 병원에서 통학했고, 그 쪼그만 것이 시장을 보며 우리 세 식구를 먹여 살렸다. 그 암담한 환경에서도 초등학교 6년, 중학교 3년 고등학교 3년, 도합 9년 개근상을 이 부모에게 안겨주었다. 이제 녀석도 어엿한 가정주부로서 아들 둘 낳고는 친정에 올 때마다 제 새끼 자랑에 침이 마른다.

아들놈도 자기소개서에다 제 잘난 것은 쓰지 않으면서 장애인 등록도 않았다는 부모 자랑 고향 자랑 모교 자랑만 딥다 써넣는 것 같더니, 지난 봄 한국 젊은이들이 가장 선호한다는, 아니 신의 자식들만 들어갈 수 있다는 어느 국영기업체에 떠억 허니 붙고는, 이 한 많고 설움 많은 아빠의 가슴에다 그 빛나는 합격통지서를 안겨주는 것이 아닌가.

나의 손은 유난히 작은 편이다. 녀석들은 아주 각별해서 주인의 눈치도 살피지 않고 왼손이 오른손을 어루만져주면 오른손이 왼쪽 손등을 비벼준다. 저들 나름의 사명使命이랄까, 존재 이유가 무엇인지를 알기 때문이다. 누가 내 손금을 보더니 "별을 쥐고 있다"고 했다.

• 내 마지막 경작지엔 •

그 가물가물한 기억의 끝을 돌이켜보면, 인생이 결코 짧은 것만은 아닌 것 같다. 올해 초 환갑기념으로 고향 뒷산에 자그맣게 녹차 밭을 만들었다. 나의 삼농주의三農主義 마지막 경작지인 셈이다. 그곳에다 우리나라에서 가장 예쁜 조립식 집을 짓고 친환경 녹차를 가꾸면서, 여태 나에게 도움주신 분들께 녹차 덖어 보내드리면서, 인생을 마무리하는 시집과 산문집 한 권씩을 쓸 계획이다.

그런데, "그 예쁜 집 지을 돈을 누가 준대?" 하고 아내가 묻는다. 나는 그때마다 화상 입은 손가락으로 어딘가를 가리킨다. 그 손가락을 따라 아내의 눈길은 어느새 하늘로 향해져 있다.

그렇다. 나의 든든한 빽그라운드는 바로 하늘이시다. 열세 살 때 부산에서 연탄가스 마시고 사흘 동안 병원에서 잠재우신 하늘, 병마에서 그 훌륭한 의사들을 내게 보내주신 하늘, 알코올중독자의 모습으로 지켜보시다가 불속에서 뛰쳐나온 나에게 소주됫병을 부어주시던 하늘, 5백 년 간 늙은 팽나무의 모습으로 고향을 지키시다가 이 가난한 시인을 그 자리에 세우시고는 슬며시 그 그림자를 거두시던 하늘, 그 하늘은 사람들 사이에 신이 끼어들기 전부터 존재했고, 인간세상에서 신이 다 빠져나간 다음에도 존재할 그 하늘이심을 믿는다. 그래서 나는 밭일을 할 때 웬만해선 장갑을 끼지 않는다. 맨살에 와 닿는 흙의 감촉이 바로 하늘의 감촉이면서 은혜의 감촉이면서 사랑의 감촉임을 알기 때문이다.

그리고 나는 나에게 말한다. "어떤 상황이든 속단하거나 포기하지 말라. 자기 앞에 당당하라. 하늘에 하루 한 번 감사하라. 기쁨은 감사함에 있고 웃음은 기쁨에서 비롯되며, 건강은 웃음에서 비롯되느니. 감사가 없는 기쁨이 없고 기쁨이 없는 웃음이 없으며, 웃음이 없는 평화가 없다."고.

인생은 육십부터라는데……, 아무리 생각해도 나에겐 그 말이 정답인 것 같다.

◆ 생각의 편린들 ◆

◆ 동백꽃을 밟은 구두창에 꽃의 혈흔이 묻어 나온다. 그 발자국으로 길을 밟고 지나가고 다른 발자국이 그 발자국을 밟고 지나간다. 길 위의 동백꽃 혈흔을 나눠가지면서 이 지상에는 또 하나의 발자국 연대가 이루어진다. 결국 우리는 그 발자국을 밟으며 학교로 가고, 직장으로 가고, 은행으로 가고, 음악회에 가고, 술 마시러 가고, 경찰서나 병원으로 가고, 예식장으로 가고, 장례식장으로 간다. _ 전원에세이에서

◆ 세상은 밝아져 간다는데도 우리들의 대화는 그에 비례하지 못하고, "정보! 정보!" 떠들면서도 정보의 전달속도만큼 그 정확도는 우리의 기대치를 채워주지 못한다. 오히려 '열림'이라는 언어 자체에서 묘한 폐쇄성마저 감지되는 것이 세상 분위기인 것

같다. 그러한 시대 한복판에서 오늘도 "위하여!, 위하여!" 송년의 공허한 건배가사 골목골목 불빛들을 적신다.

• 시대의 톱니바퀴는 정치경제뿐만 아니라 교육에 이르기까지 1프로의 승리자만을 위해 굴러가고 있다. 결국 99프로의 패배자들은 그 1프로를 위해 마냥 들러리밖에 될 수가 없다. 이 같은 분위기는 빈부의 격차보다 더한 '의식의 격차'를 형성시키고 만다. "공중에는 보이지 않는 화살로 가득 차 있다"는 소로우의 지적처럼, 이 의식의 양극화는 서로에게 독화살을 퍼부어야만 자기가 생존할 수 있다는 미망의 늪으로 빠져들게 한다.

• "이별이 너무 길다"라는 노랫말이 있다. 그렇다. 아픔의 세월도 길었고, 저주의 술자리도 길었다. 체험과 역사의 문법은 이처럼 과거형의 시제時制로 현재와 미래를 예측게 한다. 자동차도 후진할 땐 핸들을 반대로 트는 것처럼, 당신의 더 큰 성공의 실마리는 실패사례에 숨겨져 있다는 점을 기억해야 한다. _ 제민일보 세모칼럼에서

• 지능과 사고는 단순성을 경멸하려 든다. 인간 특유의 사변적 경향은 가끔 선으로 향하려는 행위조차도 그 속도를 늦추게 한다. 지구 상에 존재하는 모든 사람들의 입체적인 사고의 결과

가 과연 저들 풀포기들의 평면적 실천능력을 능가할 수 있을까.

_ 관찰일기에서

• 나는 저 광대무변한 대우주를 향해 가슴을 열고 태초에 신이 강림할 당시 하나 둘 분리돼 갔을 혹성들의 간격을 헤아려본다. 저 아득한 별들이 '나'란 존재의 탄생을 위하여 모종의 신호를 보내왔을 것이다. 그것은 지금 내가 어떤 혹성으로부터 보내져 오는 실 같은 빛이 무의식의 구조에 연결된 자력 같은 것에 의해 자극받고 있다는 확신이 서기 때문이다. 그것은 또 모든 생물이나 무생물에게도 연결된 회로장치이며, 그것들이 서로 상조 길항 충돌 반사 투합 등의 작용에 의해 에너지를 재생하고, 그 에너지의 일부가 저들 화초들에게 개화의 날을 재촉하고 있으리라. 이 확신 속에 나의 존재 또한 저 광활한 대우주 속으로 귀속시킨다. 이때 그 뭇사람들과는 좀처럼 타협될 수 없는 일상의 모서리들이 비로소 안정을 되찾는다. 이와 같은 정관적 희열의 통로에서라면 죽음조차도 지극히 자연스러울 것이라는 것임을 예감한다. _ 관찰일기에서

• 우리의 존재 그 자체가 모순이면서 아픔이라면 예술은 그 아픔을 아름다움으로 환원시킨다. 세상의 모든 꽃들이 아픔의 결과물이듯, 세상의 모든 불빛이 아픔의 한 상징물이듯, 그러한

아픔들이 모이고 모여 거대한 미리내의 아름다움을 이루고 있는 것이다. 그렇다면 시는 정녕 삶의 질곡에서 방울방울 흘린 아픔의 백색 추출물임엔 틀림없다. _ 기고문에서

• 인기와 유행은 주로 대중 속에서 급성장해 있다가 그 성장 속도만큼 빨리 사라진다. 대중 속에서도 깨어있는 사람들은 벌써 그것을 감지하고 오래도록 생을 향유할 수 있는 영토를 준비한다. 그들 중에서 글쓰기를 꿈꾸는 사람들이 의외로 많다는 것, 나는 이러한 사회 변화를 '좋은 현상'이라기보다 '아름다운 현상'이라고 말한다. _ 기고문에서

• 현존하는 모든 사물이나 사건에는 또 하나의 합당한 단어가 있다. 그리고 우리말 사전에 수록돼 있는 삼십 만 단어들은 오늘도 시인의 대합실에서 제 짝을 기다리고 있다. _ 기고문에서

• 과거에는 일제 때 심었던 몇 그루 정도가 꽃이 피면 진귀하게 보았던 것이 요즘은 전국 어딜 가도 벚나무 세상이다. 이르는 도로마다 공사 중이고, 그 공사가 끝나면 곧바로 벚나무를 심는 것이 공식처럼 돼버린 것 같다. 가장 눈에 띄기 쉬운 것이 길이고 벚나무다. 그래서 "무궁화 삼천리 화려 강산"이 자칫하면 "공사판 삼천리 사꾸라 강산"이 되고 말 것이라는 생각을 떨쳐버릴 수가 없다. _ 전원에세이에서

• 일과 더위에 지친 여름 어느 저물녘, 방파제 계단을 내려가 바다에 발을 담갔다. 그 때 조용히 물밑으로 다가와 내 발을 어루만져주던 누군가가 있었다. 20년 전 세상을 뜨신 어머니가 서늘한 만조滿潮의 손길로 나의 발을 씻어주는 것이 아닌가. 어제까지 허옇게 눈을 뒤집고 달려들던 바다가 오늘은 지극히 평온한 어머니의 손길로 오욕汚辱에 빠진 아들의 발을 씻겨주고 계신 거다. 어머니가 아들의 어제를 용서하시듯, 바다는 이처럼 어제 일에 연연하지 않는다. _ 전원에세이에서

• 바다는 우리가 감당할 수 있을 만큼의 부분만을 허락한다. 21세기에는 21세기 사람들이 필요한 만큼의 진실을 예술과 과학의 통로를 통해 내보인다. 그러나 가리고 있으면서도 그 진실을 감추기 어려운 상황일 때 바다는 포효한다. 그러다 지치면 시인의 무릎께 와서 엎디어 흐느낀다. _ 전원에세이 에서

• 상처는 아물어도 흉터는 남는다. 흉터를 남기지 않는 하늘과 바다처럼 저렇게 망망해질 수는 없을까. 자그마한 어선 한 척이 허물어진 수평선 쪽으로 가고 있었다. 나는 문득 사막 한가운데를 배회하는 여우 한 마리를 생각했다. _ 일기에서

• '슬픔과 기쁨'에 대한 감정의 기폭이 같은 파장으로 울린다

는 것, 이것은 환희의 탄성이나 괴로움의 울부짖음의 톤은 동일하다. 한 상황이 극점에 다다랐을 때, 환희든 고통이든 그 두 가지 형태의 심리상태는 동일한 진동과 파열음의 과정을 거친 후에야 진정된다. _ 관찰일기에서

• 자연이란 종교에서 말하는 절대자의 모습일 수 있으며, 우리 양심의 또 다른 형태라 할 수 있다. 자연스럽다는 것, 그것은 우주의 톱니바퀴에 나 개인의 톱니바퀴가 순조롭게 끼어 돌아간다는 의미이기도 하다. _ 관찰일기에서

• 반복되는 패배를 음미하라. 반복할 수 있는 패배라면 그것은 오히려 선행에 대한 집착이다. 살아있다는 반증이다. 삶이 너에게 주는 패배의 쓴잔을 거부해선 안 된다. 그래서 너는 성공이라는 말보다 실패라는 말에 더 애정을 느끼는 것이 아니냐. 성공이란 단순히 평면적 결과이지만, 실패는 언제나 너의 입체적 안목을 키워준다. _ 일기에서

• 사람에 관한 일에 대해서는 억지 부리지 말라. 가만 두면 갈 사람 가고 올 사람 온다. 저 유실수들처럼 고요히 있으라. 한 송이 꽃을 피울 때까지는 아무것도 겉으로 드러내지 말라. 모든 것을 받아들이되, 결코 네 낯을 붉히는 일을 멀리하라. 네 나침반

바늘은 비로소 한 극점을 향해 멈추고 있다. 그 화살표가 가리키는 곳으로 천천히 그리고 아주 정직하게 네 발길을 옮기라. 모든 일과 탐구 그리고 고요한 사색을 그 초점에 맞추도록 하라. 그러나 너의 집요함에 의해 발육되는 미래의 모든 영욕에 대한 책임의 고독한 십자가를 준비해두라. _ 일기에서

• 존재하는 모든 사물 사상 인식은 완전독립이 불가능하다. 그것은 숙명적으로 어떤 경로의 회로를 거쳐서라도 이미 유기적인 관련들을 맺고 있다. 따라서 우주과학자는 미생물학을, 여행가는 신체해부학을, 식물학자는 인간 심리학에 관심을 둬야 하리라. _ 일기에서

• 살아있는 것과 죽어있는 것의 차이는 그 균형을 유지하려는 힘 즉 반발하려는 역동성의 유무에서 판가름된다. _ 관찰일기에서

• 만개한 오렌지 꽃송이가 사람의 시선을 잡아끈다. 펴지다 못해 밖으로 뒤집힌 다섯 개의 희디흰 꽃잎, 보잘것없는 수술들에 에워싸인 암술머리는 우람하고 화려하고 섹시하다. 이미 꿀물에 취해 있는 그녀의 입술은 만인의 키스를 거부했던 왕족의 자존이 빛나고 있다. 그리고 더 깊숙한 꽃의 내부에는 벌써 튼실한 자방이 자리 잡고 있다. 저 터질 것 같은 여인의 팽윤澎潤……,

그 안에는 베르사유 궁전보다 더 화려한 아폴로의 방이 있으리라. 그 방에는 태양의 신이 잠시 내려와 오수午睡를 즐기고 계시리라. 그 머리맡에는 정녕 인간들의 눈에 띄지 않는 언어의 보물단지가 신비의 보자기로 싸인 채 놓여 있으리라. _ 관찰일기에서

• 하나를 반납했을 때, 그 빈자리에는 반드시 또 다른 하나가 채워진다는 저 불변의 치환置換법칙을 믿기로 하자. 생명이 살아 있는 한 절대자는 우리 내부에 장치된 치환의 자력磁力까지 회수하려들지는 않을 것이다. _ 관찰일기에서

• 한순간 한순간의 과정은 그 순간만으로도 작은 결과의 미립자들이다. 아직은 떡잎보다 작은 본잎들이지만 생장점에서만 나타나는 싱싱한 생명력이 오늘은 꽃보다도 더 예쁘다. _ 관찰일기에서

• 생명이란 결코 완성된 개체의 집합이 아니라 부분과 부분의 조화로운 결합에서 탄생되는 것이다. 전혀 상관없는 개체와 개체 사이를 상상의 철사로 열심히 연결 짓는다 해도, 그것이 좀처럼 완성될 수 없는 것이라 해도 꿈의 세계는 그 스토리의 직조가 가능한 것이다. 이처럼 허황된 체험의 즐거움 때문에 수면은 유익한 것이다. _ 일기에서

• 선행에 동원될 수 없는 지식이란 소화될 수 없는 언어의 껍데기를 저장해놓은 암기사항에 불과하다. _ 일기에서

• 줄을 선 채 비를 맞는 가방들이 사람들보다 더 고단해 보인다. 가방을 보면 그 사람의 행적을 안다. 가방을 보면 그 사람의 마음을 안다. 가방을 보면 그 사람의 고향을 안다. 그러나 가방이 큰 만큼 그 사람의 고향도 멀리 있는 것일까. _ 기행문에서

• 해질녘 노동은 삶을 감미롭게 한다. 고요와 노을 노동 그리고 약간 지친 육체에서 여과된 사색이 동시에 조우한다. 마을 절간에서 퍼져오는 예불 종소리는 내 노동의 시간을 경건하게 한다. 노동 그 자체가 삶의 파종播種이며 추수다. 역경의 긴 터널을 경유해온 인간의 모습이며 음악이며 시다……, 네 노동의 수고로움만치 네 휴식도 감미로우리니. _ 일기에서

• 기침은 신체허약과 가난의 상징이다. 그러나 수녀님의 기침은 수녀님 자신의 기침이 아니라 이 지상에 모든 가난한 영혼의 기침까지도 대신하고 계신다는 생각이 든다. 아무것도 소유하지 않았으므로 지상에서 가장 큰 사랑을 실천할 수 있다는 것. 더 큰 생명을 위해 작은 자기의 인생을 하느님께 바치는 일. 이처럼 수도자의 삶의 이유에는 나와 같이 범속한 사람에게는 도저히 찾

아볼 수 없는 장엄한 사랑의 행로와 실천의 손길이 있다. 저 수면 아래 감춰진 소리 없는 선행이야말로, 반짝이는 사랑의 결정체를 건져 올리면서 하느님의 창조사업장에 벽돌로 바쳐질 것이다. 우리가 때때로 느껴지는 지극히 사적인 평화도 보이지 않는 그들 애린의 한 부분에서 비롯된 것임을 나는 알고 있다.

　수녀님, 비오는 날의 낙화는 더 먼 곳을 생각게 합니다. _ 일기에서

　• 힘겹고 고달픈 것이 농사일이라지만, 농부 마음의 평화 또한 경작과정에서 누린다. 흙이 베푸는 사랑의 깊이와 넓이를 농부는 안다. 때문에 그들이 흙에 바치는 노동의 공물은 어쩌면 신앙에 가까운 것이다. 그것은 그들 생애의 배낭에 언젠가 채워질 땀보다도 피보다도 더 그윽한 사유의 과즙을 믿기 때문이다. 그리고 끝끝내 행복한 죽음으로 향도할 손길 또한 자연이라는 것을 나 또한 믿는다. _ 일기에서

　• 시간이라는 토대 위에서 흙, 물, 빛, 바람이 쉴 새 없이 소통하고 있다. 그러다가 문득 금장초 씨앗을 화분 속에서 만났고, 그 순간부터 이 식물의 특정한 생육질서 속에 스며들어 앙증맞은 다람쥐 얼굴모양의 꽃으로 형상화되고 사람의 오감까지 자극하고 있다. 뿐만 아니라 저들은 금장초의 잎을 통하여 깨끗하게 정

화된 바람을 내뿜고 있다. 그 미세한 바람은 호흡기관을 통하여 나의 몸통 속 모세혈관까지 도달되고 있지 않는가. 이 자그마한 관찰에서조차 자연 더 나아가 우주는 결코 분리될 수 없는 하나의 전체, 전체의 하나라는 신념을 갖게 한다. _ 관찰일기에서

• 지나치게 건조한 흙에다 물을 주면 물과 흙이 서로를 낯설어한다. 이때 물은 표면장력을 곤두세우고 오랫동안 제가 스며들만한 장소를 찾아 헤맨다. 한참을 더듬고 다니던 물줄기가 가장 낮은 곳에 모여서 흙과 타협을 벌인 후에야 천천히 땅 속으로 스며드는 것이다. 이질성인 것들이 동질화하기까지는 일정한 대화와 타협이 필요하다. 낮은 목소리가 사람의 마음을 움직이듯, 가문 땅의 해갈은 소나기성인 폭우보다 소리 없이 내리는 이슬비가 훨씬 토양 깊숙이 스민다는 것을 농사에서 배운다. _ 일기에서

• 농업이든 어업이든 1차 산업에 종사하는 사람들은 신체 어디엔가 동물적으로 발달된 고감도 안테나를 가지고 있다. 아침 저녁에 들려오는 해조음을 들으면서 기상을 예측했는가 하면, 한라산 단풍의 빛깔을 보면서 이듬해 풍년흉년을 예측했던 선조들의 지혜는 이처럼 자연의 귓속말을 아주 조심스럽게 들었던 것에 연유했으리라. _ 전원에세이에서

• 흙의 정직성은 식물의 정직성과 직결된다. 정직한 사람들은 식물들의 표정이나 생리생태에서 인간의 오류를 자각해낸다. _ 관찰일기에서

• 한 권 분량의 독서는 열 권 분량의 내 무식을 확인시켜준다. _ 작가와의 대화 자료에서

• 모든 문명 선진국들의 공통점은 우선 국토가 비옥했다는 점입니다. 먹고 사는데 여유가 생기면 또 다른 욕구가 팽창되고 그것은 결국 전쟁과 예술이란 양상으로 돌출되기 마련입니다. 이곳 대부분의 예술작품들이 전쟁과 밀접한 관계를 지니고 있다는 점도 그 특징 중의 하나라면 하나일 것입니다. 그러한 현상이 어쩌면 예술과 사랑과 관계를 맺고 있는 것만큼이나 필연적인 것인지도 모릅니다. _ 기행문에서

• 죄다 기화氣化되다 남은 곳에도 뼈는 남아있습니다. 하나의 첨봉마다 야윌 대로 야윈 형상들이 이제 막 해탈의 경지에 이른 수도승처럼 보입니다. 일말의 굴욕이나 타협을 허용치 않는 저 산정의 독야……, 지상에서 가장 많을 것을 포기한 자만이 지상에서 가장 고귀한 처소에 이를 수 있다는 변증이 가능하리라 봅니다. _ 융프라우 기행에서

• 수 년 동안 찔끔거리던 문학적 수맥水脈이 요즘해서 끊기고 가슴 속 詩의 샘물이 잦아들고 있다. 멈춘다는 것은 종국을 향한 발걸음의 시작이며 문학적 꿈의 소멸을 뜻한다. 미리 해답이 주어지는 문학적 문제 제기는 창작이라는 측면에서 보면 아무런 의미가 없다. 더구나 내가 가고 싶었던 문학의 소롯길엔 이미 앞서간 작가들의 크나큰 발자국들로 패어져버렸다. 그들은 나를 위해 단 한 뼘의 문학적 휴경지를 남겨두지 않았다는 것을 독서를 통해서 알 수 있다. _ 일기에서

• 강 하구의 갯벌의 가치가 핵타 당 2만2천8백 달러인데 비해, 그것을 논으로 바꿨을 때는 고작 92달러에 지나지 않는다는 보고도 있다. 그런데 국내 쌀 재고가 넘쳐 농민들이 생산한 쌀은 이제 거들떠보지도 않으면서 거대 농업강대국으로부터 쌀을 수입하고 있다는 사실, 세계적 생태보고인 새만금 갯벌을 무참히 매립시켜가면서 친환경 운운하는, 그도 모자라 과잉생산과 수입영향으로 농업은 이미 아사직전 상황임에도 불구하고 다시 그곳을 농토로 활용, 농산물을 생산해내겠다는 정부의 태도 앞에 농민들은 돌아서서 하소연 할 하늘을 찾지 못하고 있다. 자동차에 시동이 걸렸다고 해서 목적지도 모르고 무작정 달리고 보자는 식의 문제해결 방식이 아직도 이 사회중심에 도사리고 있단 말인가. _ 2006. 3.『농업사랑』권두칼럼,「농업은 누구의 것인가」중에서

• 문제의 해결방법은 가끔씩 지극히 단순하고 무식한 곳에 숨어있다. 복잡하고 유식한 말을 다 동원해 봐도 결국 말잔치만 벌이다가 '죽'을 쑤고 만다. 지난 30년 감귤역사가 그것을 증명한다. _ 2002. 1. 『감귤과 농업정보』 권두칼럼에서

• 소비자의 눈과 입과 코는 기계보다 더 정확하다. 신선도, 고품질, 고기능성 등 요즘 포장지의 선전문구가 요란하면 할수록 그 내용물들이야말로 하나하나 소비자들을 향한 거짓증언이 아닐 수 없다. _ 취재일지에서

• 내 작품에 대한 자부심보다 부끄러움이 많아진다는 공통된 이야기를 선배 시인 작가들을 통해 듣는다. 한 권의 저서는 생의 한 매듭 또는 사다리나 징검돌 같다. 이 여름, 가까운 숲에 들어 아래를 찬찬히 살펴보라. 어느 파충류가 벗어놓은 흰색 껍질을 볼 수 있을 것이다. 껍질을 벗어야 생명을 키워나간다는 것을 뱀에게서 배운다. 시집을 내고 나이를 한 살 더 먹는 것은 껍질을 한 번 더 벗는 것이며, 그만큼 새로워지는 것을 의미한다. 바로 살아 있는 정신의 모습이다. 이 첫 시집이 더한층 자아 성찰의 계기가 됐으면 하는 것이 강 시인에 대한 필자의 조심스러운 주문이다. _ 시집 해설에서

• 농사꾼의 근본은 농사기술이 아니라, 바로 남보다 일찍 일어난다는 새벽정신에 있다. 진정한 시인 작가가 되려 한다면, 어설픈 기교나 이론보다 그 바탕과 근본 갖추기에 애쓰라. 되풀이해서 말하겠다. 천천히 가라, 바르게 가라, 끝까지 가라! 한 분야에 업적을 이룬 자들에게는 반드시 이 세 가지 공통점이 있다. _ 체험적 창작 론에서

┃ 고 정 국

서귀포시 위미 출생. 1988년 조선일보 신춘문예에 당선한 고정국은
『서울은 가짜다』,『민들레 행복론』등 6권의 시집과 고향사투리 서
사시조집『지만울단 장쿨레기』, 산문집『고개 숙인 날들의 기록』,
체험적 창작론『助詞에게 길을 묻다』, 시조로 낭송되는 스토리텔링
『난쟁이 휘파람 소리』등을 펴낸 바 있다. 중앙시조대상 신인상, 유
심작품상, 이호우문학상, 현대불교문학상, 한국동서문학상 등을 수
상했으며, 민족문학작가회의(현 제주작가회의)제주도 지회장 역임,
한국작가회의 회원.

전원 에 세 이

손!

초판 1쇄 인쇄일	2016년 6월 29일
초판 1쇄 발행일	2016년 6월 30일

지은이	고정국
펴낸이	정진이
편집장	김효은
편집/디자인	김진솔 우정민 박재원
마케팅	정찬용 정구형
영업관리	한선희 이선건
책임편집	우정민
펴낸곳	국학자료원 새미 (주)
	등록일 2005 03 15 제25100-2005-000008.호
	서울특별시 강동구 성안로 13 (성내동, 현영빌딩 2층)
	Tel 442-4623 Fax 6499-3082
	www.kookhak.co.kr
	kookhak2001@hanmail.net

ISBN	979-11-87488-01-9 *03800
가격	12,000원